雅典韓研所 企編

讓您輕輕鬆鬆
取得韓語
初、中級證照!

新 韓檢

初級
+
中級

TOPIK

New 토픽 초급, 중급 어휘 한 권이면 끝!

單字一本全搞定

國家圖書館出版品預行編目資料

新韓檢TOPIK初級+中級單字一本全搞定/ 雅典韓研所企編.
-- 初版. -- 新北市：雅典文化事業有限公司, 民113.04
面； 公分. --（韓語大師 ；03）
ISBN 978-626-7245-41-5（平裝）
1.CST：韓語 2.CST：能力測驗
803.289   113000930

韓語大師系列 ⑥③

新韓檢TOPIK初級+中級單字一本全搞定

企　　編／雅典韓研所
責任編輯／呂欣穎
內文排版／鄭孝儀
封面設計／林鈺恆

法律顧問：方圓法律事務所／涂成樞律師

總經銷：永續圖書有限公司
永續圖書 線上購物網
www.foreverbooks.com.tw

掃描填回函
好書隨時抽

出版日／2024年04月

雅典文化

出版社　22103　新北市汐止區大同路三段194號9樓之1
TEL　（02）8647-3663
FAX　（02）8647-3660

韓國文字的結構

　　韓文為表音文字，分為子音和母音，韓文字就是由子音和母音所組合而成。基本母音和子音各為10個和14個，總共24個音。基本母音和子音在經過組合之後，形成16個複合母音和子音，提高其整體組織性，這就是「韓語40音」。

　　每個韓文字最多由四個音組成，其組合方式有以下幾種
　　1.子音加母音，例如：나（我）
　　2.子音加母音加子音，例如：방（房間）
　　3.子音加複合母音，例如：귀（耳）
　　4.子音加複合母音加子音，例如：광（光）
　　5.一個子音加母音加兩個子音，例如：값（價錢）

韓語40音發音對照表

一、基本母音（10個）

	ㅏ	ㅑ	ㅓ	ㅕ	ㅗ	ㅛ	ㅜ	ㅠ	ㅡ	ㅣ
名稱	아	야	어	여	오	요	우	유	으	이
拼音發音	a	ya	eo	yeo	o	yo	u	yu	eu	i
注音發音	ㄚ	ㄧㄚ	ㄛ	ㄧㄛ	ㄡ	ㄧㄡ	ㄨ	ㄧㄨ	(ㄜ)ㄧ	ㄧ

說明

◆韓語母音「ㅡ」的發音和「ㄜ」發音有差異，但嘴型要拉開，牙齒快要咬住的狀態，才發得準。

◆韓語母音「ㅓ」的嘴型比「ㅗ」還要大，整個嘴巴要張開成「大O」的形狀，「ㅗ」的嘴型則較小，整個嘴巴縮小到只有「小o」的嘴型，類似注音「ㄡ」。

◆韓語母音「ㅕ」的嘴型比「ㅛ」還要大，整個嘴巴要張開成「大O」的形狀，類似注音「ㄧㄛ」，「ㅛ」的嘴型則較小，整個嘴巴縮小到只有「小o」的嘴型，類似注音「ㄧㄡ」。

二、基本子音（10個）

	ㄱ	ㄴ	ㄷ	ㄹ	ㅁ	ㅂ	ㅅ	ㅇ	ㅈ	ㅎ
名稱	기역	니은	디귿	리을	미음	비읍	시옷	이응	지읒	히을
拼音 發音	k/g	n	t/d	r/l	m	p/b	s	ng	j	h
注音 發音	ㄎ/ㄍ	ㄋ	ㄊ/ㄉ	ㄌ	ㄇ	ㄆ/ㄅ	ㄙ/ㄒ	不 發音	ㄘ/ㄗ	ㄏ

説明

◆子音「ㄱ」出現在第一個字時，發「ㄎ」的音，不是
　第一個字時，發「ㄍ」的音。

◆子音「ㄷ」出現在第一個字時，發「ㄊ」的音，不是
　第一個字時，發「ㄉ」的音。

◆子音「ㅂ」出現在第一個字時，發「ㄆ」的音，不是
　第一個字時，發「ㄅ」的音。

◆子音「ㅈ」出現在第一個字時，發「ㄘ」的音，不是
　第一個字時，發「ㄗ」的音。

◆子音「ㅅ」遇到母音「ㅏ, ㅓ, ㅗ, ㅜ, ㅡ」時，發「ㄙ」
　的音，遇到母音「ㅑ, ㅕ, ㅛ, ㅠ, ㅣ」時，發「ㄒ」的音。

◆子音「ㅇ」出現在第一個音節時，不發音。

三、基本子音（氣音4個）

	ㅋ	ㅌ	ㅍ	ㅊ
名　　稱	키읔	티읕	피읖	치읓
拼音發音	k	t	p	ch
注音發音	ㄎ	ㄊ	ㄆ	ㄑ

說明

◆子音「ㅋ」屬於送氣音，比「ㄱ」的音還重，發音時氣流會從喉嚨發出來。

ㅋ＝ㄱ＋ㅎ

◆子音「ㅌ」屬於送氣音，比「ㄷ」的音還重，發音時氣流會從喉嚨發出來。

ㅌ＝ㄷ＋ㅎ

◆子音「ㅍ」屬於送氣音，比「ㅂ」的音還重，發音時氣流會從喉嚨發出來。

ㅍ＝ㅂ＋ㅎ

◆子音「ㅊ」屬於送氣音，比「ㅈ」的音還重，發音時氣流會從喉嚨發出來。

ㅊ＝ㅈ＋ㅎ

四、複合母音（11個）

	ㅐ	ㅒ	ㅔ	ㅖ	ㅘ	ㅙ	ㅚ	ㅞ	ㅝ	ㅟ	ㅢ
名稱	애	얘	에	예	와	왜	외	웨	워	위	의
拼音發音	ae	yae	e	ye	wa	wae	oe	we	wo	wi	ui
注音發音	ㄝ	一ㄝ	ㄟ	一ㄟ	ㄨㄚ	ㄨㄝ	ㄨㄟ	ㄨㄟ	ㄨㄛ	ㄨ一	ㄜ一

說明

◆母音「ㅐ」比「ㅔ」的嘴型大，舌頭的位置比較下面；「ㅔ」的嘴型較小，舌頭位置比較中間。不過，大多數的韓國人發這兩個音是很像的。

◆母音「ㅒ」比「ㅖ」的嘴型大，舌頭的位置比較下面，「ㅖ」的嘴型較小，舌頭位置比較中間。不過，大多數的韓國人發這兩個音是很像的。

◆母音「ㅙ」的嘴型比「ㅚ」和「ㅞ」大一些，不過，現代很多韓國人對這三個母音已無法明確區分，發類似「ㄨㄝ」或「ㄨㄟ」的音即可。

五、複合子音（5個）

	ㄲ	ㄸ	ㅃ	ㅆ	ㅉ
名　　稱	쌍기역	쌍디귿	쌍비읍	쌍시옷	쌍지읒
拼音發音	kk	tt	pp	ss	jj
注音發音	《	ㄉ	ㄅ	ㄙ	ㄗ

說明

◆子音「ㄲ, ㄸ, ㅃ, ㅆ, ㅉ」屬於硬音，發音時聲音要加重。

六、韓語發音練習

	ㅏ	ㅑ	ㅓ	ㅕ	ㅗ	ㅛ	ㅜ	ㅠ	ㅡ	ㅣ
ㄱ	가	갸	거	겨	고	교	구	규	그	기
ㄴ	나	냐	너	녀	노	뇨	누	뉴	느	니
ㄷ	다	댜	더	뎌	도	됴	두	듀	드	디
ㄹ	라	랴	러	려	로	료	루	류	르	리
ㅁ	마	먀	머	며	모	묘	무	뮤	므	미
ㅂ	바	뱌	버	벼	보	뵤	부	뷰	브	비
ㅅ	사	샤	서	셔	소	쇼	수	슈	스	시
ㅇ	아	야	어	여	오	요	우	유	으	이
ㅈ	자	쟈	저	져	조	죠	주	쥬	즈	지
ㅎ	하	햐	허	혀	호	효	후	휴	흐	히
ㅋ	카	캬	커	켜	코	쿄	쿠	큐	크	키
ㅌ	타	탸	터	텨	토	툐	투	튜	트	티
ㅍ	파	퍄	퍼	펴	포	표	푸	퓨	프	피
ㅊ	차	챠	처	쳐	초	쵸	추	츄	츠	치
ㄲ	까	꺄	꺼	껴	꼬	꾜	꾸	뀨	끄	끼
ㄸ	따	땨	떠	뗘	또	뚀	뚜	뜌	뜨	띠
ㅃ	빠	뺘	뻐	뼈	뽀	뾰	뿌	쀼	쁘	삐
ㅆ	싸	쌰	써	쎠	쏘	쑈	쑤	쓔	쓰	씨
ㅉ	짜	쨔	쩌	쪄	쪼	쬬	쭈	쮸	쯔	찌

詞性簡稱說明

詞　性	簡　稱
名詞	名
形容詞	形
動詞	動
副詞	副
依存名詞	依 又稱為「不完全名詞」，依存名詞在句子中不能單獨使用，必須與另一個修飾它的詞語，一起表示某種意思。
數詞	數
代名詞	代
複合名詞	複 指由兩個或兩個以上的名詞合成的名詞。
冠形詞	冠
接尾辭	接 指無法單獨表示意思，只能接在名詞後方表示整體意思的詞彙。
慣用語	慣

本書使用說明

本書所補充的動詞、形容詞的基本變化規則如下。

動詞

가다　去／前往

現在式	過去式	未來式	現在式
口語 尊敬用法	口語 尊敬用法	口語 尊敬用法	正式 尊敬用法
가요	갔어요	갈 거예요	갑니다

形容詞

가깝다　近／不遠

冠詞形	現在式	過去式	現在式
後面連接名詞時	口語 尊敬用法	口語 尊敬用法	正式 尊敬用法
가까운	가까워요	가까웠어요	가깝습니다

Chapter

① TOPIK 初級詞彙

Chapter

② TOPIK 中級詞彙

Chapter 1

TOPIK初級詞彙

008 **track**

初級單字 ㄱ

가게 ga ge	名 店鋪／商店
가격 ga gyeok	名 價格
가구 ga gu	名 傢俱
가깝다 ga kkap tta	形 近／不遠

變化 가까운, 가까워요, 가까웠어요, 가깝습니다

例 그곳은 회사에서 가깝나요?

geu go seun hoe sa e seo ga kkam na yo
那裡離公司近嗎？

가끔 ga kkeum	副 偶爾／有時
가다 ga da	動 去／前往

變化 가요, 갔어요, 갈 거예요, 갑니다

例 선물을 사러 백화점에 갔어요.

seon mu reul ssa reo bae kwa jeo me gasseo yo
去百貨公司買禮物了。

track 跨頁共同導讀 008

가르치다
ga reu chi da

動 教導／指示

變化 가르쳐요, 가르쳤어요, 가르칠 거예요, 가르칩니다

例 저는 대학에서 영어를 가르치고 있습니다.
jeo neun dae ha ge seo yeong eo reul kka reu chi go it sseum ni da
我在大學教英文。

가방
ga bang

名 包包

가볍다
ga byeop tta

形 輕／不重

變化 가벼운, 가벼워요, 가벼웠어요, 가볍습니다

例 안경테가 가벼운 걸 사고 싶습니다.
an gyeong te ga ga byeo un geol sa go sip sseum ni da
我想買輕一點的鏡框。

가수
ga su

名 歌手

가슴
ga seum

名 心／胸口

가요
ga yo

名 歌曲／歌謠

가운데
ga un de

名 中央／中間

009 **track**

가위 ga wi	名	剪刀

가을 ga eul	名	秋天

가장 ga jang	副	最

가져가다 ga jeo ga da	動	拿走／帶走

變化 가져가요, 가져갔어요, 가져갈 거예요, 가져갑니다

例 누군가가 제 신발을 가져갔어요.

nu gun ga ga je sin ba reul kka jeo ga sseo yo

有人把我的鞋子拿走了。

가져오다 ga jeo o da	動	拿來／帶來

變化 가져와요, 가져왔어요, 가져올 거예요, 가져옵니다

例 당신의 작품을 가져오세요.

dang si nui jak pu meul kka jeo o se yo

請把您的作品帶來。

가족 ga jok	名	家族／家庭成員

가지 ga ji	依	種／類

track 跨頁共同導讀 009

가지다 ga ji da	動 拿／擁有

變化 가져요, 가졌어요, 가질 거예요, 가집니다

例 도서관 안으로는 가방을 가지고 들어갈 수 없어요.

do seo gwan a neu ro neun ga bang eul kka ji go deu reo gal ssu eop sseo yo

不可以拿著包包進入圖書館裡面。

각 gak	冠 各／每／各個

간단하다 gan dan ha da	形 簡單／容易

變化 간단한, 간단해요, 간단했어요, 간단합니다

例 해결 방법은 아주 간단합니다.

hae gyeol bang beo beun a ju gan dan ham ni da

解決方法很簡單。

간단히 gan dan hi	副 簡單地

간식 gan sik	名 零食／甜點

간장 gan jang	名 醬油

간호사 gan ho sa	名 護士

010 **track**

갈비 gal ppi	名	排骨

갈비탕 gal ppi tang	名	排骨湯

갈색 gal ssaek	名	棕色／褐色

갈아타다 ga ra ta da	動	換乘／轉車

變化 갈아타요, 갈아탔어요, 갈아탈 거예요, 갈아탑니다

例 여기서 1 호선으로 갈아타세요.
yeo gi seo il ho seo neu ro ga ra ta se yo
請在這裡換乘一號線。

감 gam	名	柿子

감기 gam gi	名	感冒

감다 gam da	動	閉／合上

變化 감아요, 감았어요, 감을 거예요, 감습니다

例 피곤하면 눈 감고 자도 돼요.
pi gon ha myeon nun gam go ja do dwae yo
如果累了，你可以閉上眼睛睡覺。

track 跨頁共同導讀 010

감동 gam dong	名	感動

감사하다 gam sa ha da	動	感謝

變化 감사해요, 감사했어요, 감사할 거예요, 감사합니다

例 감사할 것까지는 없어요.
gam sa hal kkeot kka ji neun eop sseo yo
你不需要道謝。

감자 gam ja	名	馬鈴薯

갑자기 gap jja gi	副	突然／忽然

값 gap	名	價錢／價格

강 gang	名	江／河

강아지 gang a ji	名	小狗

같다 gat tta	形	一樣／相同

011 **track**

變化 같은, 같아요, 같았어요, 같습니다

例 이것과 그것은 같아요.

i geot kkwa geu geo seun ga ta yo

這個和那個一樣。

같이 ga chi	副	一起／一塊
개 gae	名	狗
개인 gae in	名	個人
거기 geo gi	代	那裡
거리 geo ri	名	街道／距離
거실 geo sil	名	客廳
거울 geo ul	名	鏡子
거의 geo ui	副	幾乎／快要
걱정하다 geok jjeong ha da	動	擔心／掛念

變化 걱정해요, 걱정했어요, 걱정할 거예요, 걱정합니다

track 跨頁共同導讀 011

例 전혀 걱정하실 필요가 없습니다.
jeon hyeo geok jjeong ha sil pi ryo ga eop sseum ni da
您完全不需要擔心。

건강하다
geon gang ha da　形　健康

變化 건강한, 건강해요, 건강했어요, 건강합니다

例 건강하시고 행복하세요.
geon gang ha si go haeng bo ka se yo
祝您健康幸福！

건너가다
geon neo ga da　動　越過／穿過去

變化 건너가요, 건너갔어요, 건너갈 거예요, 건너갑니다

例 똑바로 가다가 지하도를 건너가세요.
ttok ppa ro ga da ga ji ha do reul kkeon neo ga se yo
請先直走，然後穿過地下道。

건너편
geon neo pyeon　名　對面

건물
geon mul　名　建築物

걷다
geot tta　動　走路／走

變化 걸어요, 걸었어요, 걸을 거예요, 걷습니다

012 track

例 제발 좀 천천히 걸으세요.
je bal jjom cheon cheon hi geo reu se yo
拜託您走慢一點。

걸다 geol da	動 掛／吊

變化 걸어요, 걸었어요, 걸 거예요, 겁니다

例 옷을 좀 걸어 주세요.
o seul jjom geo reo ju se yo
請幫我把衣服掛起來。

걸리다 geol li da	動 花費（時間）

變化 걸려요, 걸렸어요, 걸릴 거예요, 걸립니다

例 시간은 대략 1 시간정도 걸립니다.
si ga neun dae ryak han si gan jeong do geol lim ni da
時間大概會花一個小時左右。

검은색 geo meun saek	名 黑色

것 geot	依 名 東西／事情

게임 ge im	名 遊戲

겨울 gyeo ul	名 冬天

track 跨頁共同導讀 012

결과
gyeol gwa　　名　結果

결정하다
gyeol jeong ha da　　動　決定

變化 결정해요, 결정했어요, 결정할 거예요, 결정합니다

例 제가 결정하겠습니다.
je ga gyeol jeong ha get sseum ni da
我來做決定。

결혼하다
gyeol hon ha da　　動　結婚

變化 결혼해요, 결혼했어요, 결혼할 거예요, 결혼합니다

例 결혼한 후에 한국으로 이민 갔어요.
gyeol hon han hu e han gu geu ro i min ga sseo yo
結婚之後就移民到韓國了。

경기
gyeong gi　　名　比賽／競賽

경찰
gyeong chal　　名　警察

경찰서
gyeong chal sseo　　名　警察局

경치
gyeong chi　　名　風景／景色

013 track

경험 gyeong heom	名 經驗／教訓

계단 gye dan	名 樓梯／階段

계란 gye ran	名 雞蛋

계산하다 gye san ha da	動 計算／結帳

變化 계산해요, 계산했어요, 계산할 거예요, 계산합니다

例 어디서 계산하나요?
eo di seo gye san ha na yo
請問要在哪裡結帳？

계속 gye sok	副 一直／連續

계시다 gye si da	動 在（있다的敬語）

變化 계세요, 계셨어요, 계실 거예요, 계십니다

例 혹시 김 사장님 계세요?
hok ssi gim sa jang nim gye se yo
請問金社長在嗎？

계절 gye jeol	名 季節

track 跨頁共同導讀 013

계획 gye hoek	名	計畫／規劃

고기 go gi	名	肉

고등학교 go deung hak kkyo	名	高級中學／高中

고등학생 go deung hak ssaeng	名	高中生

고르다 go reu da	動	挑選／選擇

變化 골라요, 골랐어요, 고를 거예요, 고릅니다

例 마음에 드는 걸 골라 봐요.

ma eu me deu neun geol gol la bwa yo

選你喜歡的吧。

고맙다 go map tta	形	感謝／感激

變化 고마운, 고마워요, 고마웠어요, 고맙습니다

例 참으로 고맙습니다.

cha meu ro go map sseum ni da

非常感謝你。

고모 go mo	名	姑姑／姑媽

014 **track**

고속버스 go sok ppeo seu	名	高速巴士／客運

고양이 go yang i	名	貓

고장 go jang	名	故障／壞掉

고치다 go chi da	動	改正／修理

變化 고쳐요, 고쳤어요, 고칠 거예요, 고칩니다

例 이 손목 시계 좀 고쳐 주세요.
i son mok si gye jom go cheo ju se yo
請幫我修理這支手錶。

고프다 go peu da	形	飢餓／餓

變化 고픈, 고파요, 고팠어요, 고픕니다

例 배 고파요. 떡볶이 먹으러 갈까요?
bae go pa yo tteok ppo kki meo geu reo gal kka yo
肚子餓了，一起去吃辣炒年糕，好嗎？

고향 go hyang	名	故鄉／家鄉

곧 got	副	馬上／立刻

track 跨頁共同導讀 014

골프 gol peu	名 高爾夫

곱다 gop tta	形 美／漂亮

變化 고운, 고와요, 고왔어요, 곱습니다

例 저 여자 얼굴이 참 고와요.
jeo yeo ja eol gu ri cham go wa yo
那個女生真美。

곳 got	名 場所／地方

공 gong	名 球

공기 gong gi	名 空氣

공부하다 gong bu ha da	動 讀書學習

變化 공부해요, 공부했어요, 공부할 거예요, 공부합니다

例 제가 공부하는 동안엔 제발 조용히 하세요.
je ga gong bu ha neun dong a nen je bal jjo yong hi ha se yo
在我讀書的期間，拜託安靜一點。

공연 gong yeon	名 公演／演出

 015 track

공원 gong won	名	公園
공짜 gong jja	名	免費
공책 gong chaek	名	筆記本
공항 gong hang	名	機場
공휴일 gong hyu il	名	公休日
과거 gwa geo	名	過去／昔日
과일 gwa il	名	水果
과자 gwa ja	名	點心／餅乾
과학 gwa hak	名	科學
관광하다 gwan gwang ha da	動	觀光

變化 관광해요, 관광했어요, 관광할 거예요, 관광합니다

track 跨頁共同導讀 015

例 저는 한국에 관광하러 왔습니다.

jeo neun han gu ge gwan gwang ha reo wat sseum ni da

我是來韓國觀光的。

관심 gwan sim	名 關心／關注
괜찮다 gwaen chan ta	形 不錯／沒關係

變化 괜찮은, 괜찮아요, 괜찮았어요, 괜찮습니다

例 그거 괜찮네요. 얼마예요?

geu geo gwaen chan ne yo eol ma ye yo

那個不錯耶！多少錢？

例 괜찮아요. 저를 도와 주시지 않아도 돼요.

gwaen cha na yo jeo reul tto wa ju si ji a na do dwae yo

沒關係，你可以不必幫我。

교과서 gyo gwa seo	名 教科書
교수 gyo su	名 教授
교실 gyo sil	名 教室
교통사고 gyo tong sa go	名 車禍／交通事故

016 **track**

교회
gyo hoe　　　名　教會

구
gu　　　數　九

구경하다
gu gyeong ha da　　　動　參觀／觀賞

變化 구경해요, 구경했어요, 구경할 거예요, 구경합니다

例 좋은 물건이 많으니까 들어와서 구경하세요.

jo eun mul geo ni ma neu ni kka deu reo wa seo gu gyeong
ha se yo
有很多不錯的東西，請進來參觀。

구두
gu du　　　名　皮鞋

구름
gu reum　　　名　雲

구하다
gu ha da　　　動　求得／尋求

變化 구해요, 구했어요, 구할 거예요, 구합니다

例 약을 구하러 약국에 갔어요.

ya geul kku ha reo yak kku ge ga sseo yo
去藥局買藥了。

track 跨頁共同導讀 016

국
guk
名 湯／湯汁

국내
gung nae
名 國內

국수
guk ssu
名 麵

국어
gu geo
名 國語

국적
guk jjeok
名 國籍

국제
guk jje
名 國際

군인
gu nin
名 軍人

굽다
gup tta
動 烤／燒烤

變化 구워요, 구웠어요, 구울 거예요, 굽습니다

例 이 빵을 좀 더 구워 주세요.
i ppang eul jjom deo gu wo ju se yo
這個麵包再拿去烤一下。

권
gwon
量依 本／冊 (前方要接數量)

017 **track**

귀		
gwi	名	耳朵

귀엽다		
gwi yeop tta	形	可愛

變化 귀여운, 귀여워요, 귀여웠어요, 귀엽습니다

例 귀여운 인형을 모으는 게 제 취미예요.
gwi yeo un in hyeong eul mo eu neun ge je chwi
mi ye yo
收集可愛的娃娃是我的興趣。

귤		
gyul	名	橘子

그		
geu	冠 代	那／他

그냥		
geu nyang	副	就那樣／一直

그동안		
geu dong an	副	那段期間／近來

그램		
geu raem	名	克

그렇다		
geu reo ta	形	那樣

變化 그런, 그래요, 그랬어요, 그렇습니다

track 跨頁共同導讀 017

例 왜 그렇다고 생각해요?

wae geu reo ta go saeng ga kae yo
你為什麼會那樣想呢？

그릇

geu reut　　　　　名 碗盤／器皿

그리고

geu ri go　　　　　副 而且／還有

그리다

geu ri da　　　　　動 畫（圖）／描繪

變化 그려요, 그렸어요, 그릴 거예요, 그립니다

例 벽에 걸려 있는 그림은 제가 그렸어요.

byeo ge geol lyeo in neun geu ri meun je ga geu ryeo sseo yo
掛在牆壁上的圖畫是我畫的。

그림

geu rim　　　　　名 圖畫／繪畫

그만

geu man　　　　　副 到此為止／停下

그저께

geu jeo kke　　　　名 前天

그쪽

geu jjok　　　　　代 那邊／那個方向

그치다

geu chi da　　　　動 停止

018 **track**

變化 그쳐요, 그쳤어요, 그칠 거예요, 그칩니다

例 비가 그치면 만나러 갈게요.

bi ga geu chi myeon man na reo gal kke yo

雨停了，我就去見你。

극장

geuk jjang　　　　名　劇場／戲院

근처

geun cheo　　　　名　附近

글

geul　　　　名　文／文章

금방

geum bang　　　　副　剛才／馬上

금연

geu myeon　　　　名　禁菸

금요일

geu myo il　　　　名　星期五

급하다

geu pa da　　　　形　緊急／急切

變化 급한, 급해요, 급했어요, 급합니다

例 급한 일이 있어서 먼저 퇴근하겠습니다.

geu pan i ri i sseo seo meon jeo toe geun ha get sseum ni da

因為有急事，我先下班了。

track 跨頁共同導讀 018

기간

gi gan　　　　　　　名　期間

기다리다

gi da ri da　　　　　動　等待／等候

變化 기다려요, 기다렸어요, 기다릴 거예요, 기다립니다

例 여기서 기다려 줄 수 있습니까?

yeo gi seo gi da ryeo jul su it sseum ni kka
你可以在這裡等我嗎？

기르다

gi reu da　　　　　　動　養育／飼養

變化 길러요, 길렀어요, 기를 거예요, 기릅니다

例 저는 강아지를 기르고 싶어요.

jeo neun gang a ji reul kki reu go si peo yo
我想養小狗。

기름

gi reum　　　　　　　名　油／脂肪

기분

gi bun　　　　　　　　名　心情／氣氛

기쁘다

gi ppeu da　　　　　　形　高興／欣喜

變化 기쁜, 기뻐요, 기뻤어요, 기쁩니다

例 오빠, 오늘 무슨 일로 그렇게 기쁘세요?

o ppa o neul mu seun il lo geu reo ke gi ppeu se yo
哥，你今天有什麼事那麼高興？

 019 **track**

기사		
gi sa	名	司機

기사		
gi sa	名	（報紙）記載／紀錄

기숙사		
gi suk ssa	名	宿舍

기억하다		
gi eo ka da	動	記憶／記得

變化 기억해요, 기억했어요, 기억할 거예요, 기억합니다

例 그때의 일은 아직도 기억하고 있어요.
geu ttae ui i reun a jik tto gi eo ka go i sseo yo
那時候的事情我還記得。

기온		
gi on	名	氣溫

기자		
gi ja	名	記者

기차		
gi cha	名	火車

기침		
gi chim	名	咳嗽

기타		
gi ta	名	吉他

track 跨頁共同導讀 019

긴장되다
gin jang doe da　　　動　緊張

變化 긴장돼요, 긴장됐어요, 긴장될 거예요, 긴장됩니다

例 첫 출근, 너무 긴장돼요.
cheot chul geun neo mu gin jang dwae yo
第一天上班，很緊張。

길
gil　　　名　路

길다
gil da　　　形　長

變化 긴, 길어요, 길었어요, 깁니다

例 동대문시장에 가서 마음에 드는 긴 치마를 샀습니다.
dong dae mun si jang e ga seo ma eu me deu neun gin chi ma reul ssat sseum ni da
去東大門市場買了喜歡的長裙。

김치
gim chi　　　名　泡菜

까만색
kka man saek　　　名　黑色

깎다
kkak tta　　　動　削／剪／減價

變化 깎아요, 깎았어요, 깎을 거예요, 깎습니다

 020 `track`

例 제 머리 좀 깎아 주세요.

je meo ri jom kka kka ju se yo
請幫我剪頭髮。

例 좀 더 깎아 주세요.

jom deo kka kka ju se yo
再算我便宜一點吧。

깜짝
kkam jjak　　　　　　　副 吃驚／嚇一跳

깨끗하다
kkae kkeu ta da　　　　形 乾淨

變化 깨끗한, 깨끗해요, 깨끗했어요, 깨끗합니다

例 일본 거리가 깨끗한 이유는 뭐예요?

il bon geo ri ga kkae kkeu tan i yu neun mwo ye yo
日本街道乾淨的理由是什麼？

깨다
kkae da　　　　　　　動 清醒／打破

變化 깨요, 깼어요, 깰 거예요, 깹니다

例 아직 술이 덜 깼어요.

a jik su ri deol kkae sseo yo
我酒還沒醒。

例 제가 아끼는 컵을 깼어요.

je ga a kki neun keo beul kkae sseo yo
我很珍惜的杯子打破了。

track 跨頁共同導讀 020

깨지다

kkae ji da　　　　　動　破碎／破滅

變化 깨져요, 깨졌어요, 깨질 거예요, 깨집니다

例 그릇이 바닥에 떨어져 깨졌다.

geu reu si ba da ge tteo reo jeo kkae jeot tta

碗盤掉到地上破掉了。

꺼내다

kkeo nae da　　　　　動　掏出／提起

變化 꺼내요, 꺼냈어요, 꺼낼 거예요, 꺼냅니다

例 가방에서 핸드폰을 꺼냈어요.

ga bang e seo haen deu po neul kkeo nae sseo yo

從包包裡拿出手機。

例 내 앞에서 그런 이야기를 다시는 꺼내지 마요!

nae a pe seo geu reon i ya gi reul tta si neun kkeo nae ji ma yo

以後不要在我面前提起那件事。

꼭

kkok　　　　　副　一定／必定

꽃

kkot　　　　　名　花

꾸다

kku da　　　　　動　做（夢）／夢想

變化 꿔요, 꿨어요, 꿀 거예요, 꿈니다

021 **track**

例 어제 무서운 꿈을 꾸었어요.

eo je mu seo un kku meul kku eo sseo yo

昨天夢到了很可怕的夢。

例 여러분은 어떤 세상을 꿈꾸고 계십니까?

yeo reo bu neun eo tteon se sang eul kkum kku go gye sim ni kka

您夢想著什麼樣的世界呢？

꿈 kkum	名	夢／夢想

끄다 kkeu da	動	熄滅／關上

變化 꺼요, 껐어요, 끌 거예요, 끕니다

例 회의를 시작하기 전에 휴대폰을 꺼 주세요.

hoe ui reul ssi ja ka gi jeon e hyu dae po neul kkeo ju se yo

在會議開始之前，請先把手機關機。

끓이다 kkeu ri da	動	燒開／煮

變化 끓여요, 끓였어요, 끓일 거예요, 끓입니다

例 라면은 3 분정도 끓이면 먹을 수 있어요.

ra myeo neun sam bun jeong do kkeu ri myeon meo geul ssu i sseo yo

泡麵煮三分鐘左右就可以吃了。

例 물 좀 끓여 주실래요?

mul jom kkeu ryeo ju sil lae yo

可以幫我煮水嗎？

끝
kkeut　　　　　　　　名　末／最後

끝나다
kkeun na da　　　　　動　結束

變化 끝나요, 끝났어요, 끝날 거예요, 끝납니다

例 드디어 모든 시험이 끝났어요!
deu di eo mo deun si heo mi kkeun na sseo yo
終於所有的考試都結束了。

例 회의가 일찍 끝났습니다.
hoe ui ga il jjik kkeun nat sseum ni da
會議提早結束了。

例 한국어 수업이 끝난 후에 헬스클럽에 갑니다.
han gu geo su eo bi kkeun nan hu e hel seu keul leo be gam ni da
韓語課結束之後，就去健身房。

끼다
kki da　　　　　　　動　籠罩／瀰漫

變化 껴요, 꼈어요, 낄 거예요, 낍니다

例 오늘 아침에 안개가 끼었어요.
o neul a chi me an gae ga kki eo sseo yo
今天早上有霧。

例 구름이 끼면 보통 비가 옵니다.
gu reu mi kki myeon bo tong bi ga om ni da
多雲時，通常會下雨。

022 **track**

끼다
kki da　　　　　　　　　動　插／夾入

變化 껴요, 꼈어요, 낄 거예요, 낍니다

例 왜 결혼 반지를 안 끼고 다녀요?

wae gyeol hon ban ji reul an kki go da nyeo yo

你為什麼不隨身戴著結婚戒指呢？

例 너무 추워서 장갑을 끼고 나갔습니다.

neo mu chu wo seo jang ga beul kki go na gat sseum ni da

因為太冷了，就戴上手套出門了。

track 跨頁共同導讀 022

初級單字　　　　　　　　ㄴ

나 na	代	我

나가다 na ga da	動	出去

變化 나가요, 나갔어요, 나갈 거예요, 나갑니다

例 1번 출구로 나가세요.
il beon chul gu ro na ga se yo
請從1號出口出去。

나누다 na nu da	動	分／分享

變化 나눠요, 나눴어요, 나눌 거예요, 나눕니다

例 음식을 친구들과 나누어 먹었어요.
eum si geul chin gu deul kkwa na nu eo meo geo sseo yo
把食物和朋友們一起分享。

나라 na ra	名	國家

나무 na mu	名	樹木

나쁘다 na ppeu da	形	壞／不好

023 **track**

變化 나쁜, 나빠요, 나빴어요, 나쁩니다

例 반드시 나쁜 버릇을 고쳐야 해요.

ban deu si na ppeun beo reu seul kko cheo ya hae yo

一定要改掉不好的習慣。

나오다
na o da　　　　　　**動**　出來／出現

變化 나와요, 나왔어요, 나올 거예요, 나옵니다

例 집에서 나왔어요.

ji be seo na wa sseo yo

從家裡出來了。

나이
na i　　　　　　**名**　年紀／年齡

나타나다
na ta na da　　　　　　**動**　出現

變化 나타나요, 나타났어요, 나타날 거예요, 나타납니다

例 아직까지는 뚜렷한 효과는 나타나지 않았어요.

a jik kka ji neun ttu ryeo tan hyo gwa neun na ta na ji a na sseo yo

目前還沒出現明顯的效果。

낚시
nak ssi　　　　　　**名**　釣魚

날
nal　　　　　　**名**　天／日子

track 跨頁共同導讀 023

날씨

nal ssi　　　　　　名　天氣

날짜

nal jja　　　　　　名　日期／日子

남기다

nam gi da　　　　　動　留下／保留

變化 남겨요, 남겼어요, 남길 거예요, 남깁니다

例 메시지를 남기시겠습니까?

me si ji reul nam gi si get sseum ni kka
您要留言嗎？

남녀

nam nyeo　　　　　名　男女

남동생

nam dong saeng　　名　弟弟

남자

nam ja　　　　　　名　男子／男人

남쪽

nam jjok　　　　　名　南邊／南方

남편

nam pyeon　　　　名　丈夫

낮

nat　　　　　　　　名　白天

낮다
nat tta　　　形　低／矮

變化 낮은, 낮아요, 낮았어요, 낮습니다

例 이번 선거 투표율이 생각보다 낮습니다.

i beon seon geo tu pyo yu ri saeng gak ppo da nat sseum ni da

這次的選舉投票率比想像中得還低。

내과
nae gwa　　　名　內科

내년
nae nyeon　　　名　明年

내다
nae da　　　動　拿出／抽空

變化 내요, 냈어요, 낼 거예요, 냅니다

例 잠깐 시간 좀 내주시겠습니까?

jam kkan si gan jom nae ju si get sseum ni kka

您可以撥點時間給我嗎？

내려가다
nae ryeo ga da　　　動　下去／下降

變化 내려가요, 내려갔어요, 내려갈 거예요, 내려갑니다

例 산을 내려가려면 이 방향으로 가야 해요.

sa neul nae ryeo ga ryeo myeon i bang hyang eu ro ga ya hae yo

如果你要下山，必須走這個方向。

track 跨頁共同導讀 024

내리다
nae ri da 　動 落下／下來／下車

變化 내려요, 내렸어요, 내릴 거예요, 내립니다

例 지금 비가 내리고 있습니다.
ji geum bi ga nae ri go it sseum ni da
現在正在下雨。

내용
nae yong 　名 內容

내일
nae il 　名 明天

냄새
naem sae 　名 味道

냉면
naeng myeon 　名 冷麵

냉장고
naeng jang go 　名 冰箱

너
neo 　代 你

너무
neo mu 　副 太／非常

넓다
neol tta 　形 寬／廣闊

變化 넓은, 넓어요, 넓었어요, 넓습니다

025 **track**

例 나는 넓은 집에 살고 싶어요.
na neun neop eun ji be sal kko si peo yo
我想住在大房子裡。

넘어지다
neo meo ji da　　　動　摔倒／跌倒

變化 넘어져요, 넘어졌어요, 넘어질 거예요, 넘어집니다

例 방금 길에서 넘어졌어요.
bang geum gi re seo neo meo jeo sseo yo
我剛才在路上跌倒了。

넣다
neo ta　　　動　裝入／裝進

變化 넣어요, 넣었어요, 넣을 거예요, 넣습니다

例 커피에 설탕을 넣지 마세요.
keo pi e seol tang eul neo chi ma se yo
請不要在咖啡裡加糖。

넥타이
nek ta i　　　名　領帶

넷
net　　　數　四

넷째
net jjae　　　冠　第四

년
nyeon　　　依　年

track 跨頁共同導讀 025

노란색
no ran saek　　名　黃色

노래
no rae　　名　歌

노래방
no rae bang　　名　KTV／練歌房

노력하다
no ryeo ka da　　動　努力

變化 노력해요, 노력했어요, 노력할 거예요, 노력합니다

例 우리는 승리를 위해 열심히 노력해야 해요.
u ri neun seung ni reul wi hae yeol sim hi no ryeo kae ya hae yo
為了勝利，我們必須努力。

노트
no teu　　名　筆記本／筆記

녹색
nok ssaek　　名　綠色

녹차
nok cha　　名　綠茶

놀다
nol da　　動　玩／遊玩

變化 놀아요, 놀았어요, 놀 거예요, 놉니다

例 주말에 놀이공원에 놀러 갈까요?
ju ma re no ri gong wo ne nol leo gal kka yo
周末一起去遊樂園玩，好嗎？

놀라다
nol la da　　　動 吃驚／驚訝

變化 놀라요, 놀랐어요, 놀랄 거예요, 놀랍니다

例 왜 그렇게 놀라요?
wae geu reo ke nol la yo
你幹嘛那麼驚訝？

농구
nong gu　　　名 籃球

높다
nop tta　　　形 高

變化 높은, 높아요, 높았어요, 높습니다

例 시험에서 높은 점수를 받지 못했어요.
si heo me seo no peun jeom su reul ppat jji mo tae sseo yo
考試我沒拿到高分。

놓다
no ta　　　名 放下／放置

變化 놓아요, 놓았어요, 놓을 거예요, 놓습니다

例 컵들을 식탁 위에 놓으세요.
keop tteu reul ssik tak wi e no eu se yo
請把杯子放在餐桌上。

track 跨頁共同導讀 026

누구
nu gu

代 誰

누나
nu na

名 姊姊（弟弟稱呼姊姊）

누르다
nu reu da

動 按／壓

變化 눌러요, 눌렀어요, 누를 거예요, 누릅니다

例 여기를 누르면 상세한 내용을 볼 수 있어요.

yeo gi reul nu reu myeon sang se han nae yong eul ppol su i sseo yo

按這裡可以看到詳細的內容。

눈
nun

名 眼睛／目光

눈
nun

名 雪

눈물
nun mul

名 眼淚

눈사람
nun sa ram

名 雪人

눕다
nup tta

動 躺／臥病在床

變化 누워요, 누웠어요, 누울 거예요, 눕습니다

027 `track`

例 나는 침대에 눕자마자 잠이 들었어요.

na neun chim dae e nup jja ma ja ja mi deu reo sseo yo

我一躺在床上就睡著了。

뉴스

nyu seu 　名　新聞

느끼다

neu kki da 　動　感覺

變化 느껴요, 느꼈어요, 느낄 거예요, 느낍니다

例 보이지 않아도 느낄 수 있어요.

bo i ji a na do neu kkil su i sseo yo

即使看不到，也可以感覺得到。

느낌

neu kkim 　名　感覺

느리다

neu ri da 　形　緩慢／遲緩

變化 느린, 느려요, 느렸어요, 느립니다

例 인터넷 속도가 너무 느려요.

in teo net sok tto ga neo mu neu ryeo yo

網路的速度太慢了。

늘

neul 　副　總是／經常

늘다

neul tta 　動　提升／增長／增加

track 跨頁共同導讀 027

變化 늘어요, 늘었어요, 늘 거예요, 늡니다

例 선생님 덕분에 영어 실력이 많이 늘었어요.

seon saeng nim deok ppu ne yeong eo sil lyeo gi ma ni neu reo sseo yo

多虧有老師，讓我的英語能力提升不少。

능력		
neung nyeok	名	能力

늦다		
neut tta	形動	晚／遲／遲到

變化 늦은, 늦어요, 늦었어요, 늦습니다

例 답장이 늦어서 죄송합니다.

dap jjang i neu jeo seo joe song ham ni da

對不起，我太晚回信了。

028 **track**

 ㄷ

다
da 　　　　　　　　　　副 都／全部

다녀오다
da nyeo o da 　　　　　　動 去一趟回來

變化 다녀와요, 다녀왔어요, 다녀올 거예요, 다녀옵니다

例 화장실 좀 다녀올게요.
hwa jang sil jom da nyeo ol ge yo
我去一趟廁所。

다니다
da ni da 　　　　　　　　動 來往／上學／上班

變化 다녀요, 다녔어요, 다닐 거예요, 다닙니다

例 전 지금 영어 학원에 다니고 있어요.
jeon ji geum yeong eo ha gwo ne da ni go i sseo yo
我現在有去英文補習班補習。

다르다
da reu da 　　　　　　　　形 不同／不一樣

變化 다른, 달라요, 달랐어요, 다릅니다

例 이것과 저것은 다릅니다.
i geot kkwa jeo geo seun da reum ni da
這個和那個不一樣。

track 跨頁共同導讀 028

다리
da ri
名 腿／橋梁

다섯
da seot
數 五

다시
da si
副 又／再次／重新

다음
da eum
名 下次

다이어트
da i eo teu
名 減肥

다치다
da chi da
動 受傷

變化 다쳐요, 다쳤어요, 다칠 거예요, 다칩니다

例 전 넘어져서 다리를 다쳤어요.
jeon neo meo jeo seo da ri reul tta cheo sseo yo
我跌倒腳受傷了。

닦다
dak tta
動 擦／刷（牙）

變化 닦아요, 닦았어요, 닦을 거예요, 닦습니다

例 이를 자주 닦으세요.
i reul jja ju da kkeu se yo
請時常刷牙。

029 **track**

단어		
da neo	名	單詞

닫다		
dat tta	動	關／閉

變化 닫아요, 닫았어요, 닫을 거예요, 닫습니다

例 약국이 문을 닫았어요.
yak kku gi mu neul tta da sseo yo
藥局關門了。

달		
dal	依 量	（個）月

달		
dal	名	月亮

달다		
dal tta	形	甜

變化 단, 달아요, 달았어요, 답니다

例 음료수는 너무 달게 마시지 마세요.
eum nyo su neun neo mu dal kke ma si ji ma se yo
飲料不要喝太甜。

달력		
dal lyeok	名	月曆

달리다		
dal li da	動	疾駛／奔馳

變化 달려요, 달렸어요, 달릴 거예요, 달립니다

track 跨頁共同導讀 029

例 기차가 빠른 속도로 달리고 있다.
gi cha ga ppa reun sok tto ro dal li go it tta
火車正快速奔馳著。

닭
dak 　　　　　　　名　雞

닮다
dam da 　　　　　　動　像／相似

變化 닮아요, 닮았어요, 닮을 거예요, 닮습니다

例 저는 어머니를 닮았어요.
jeo neun eo meo ni reul ttal ma sseo yo
我像媽媽。

담배
dam bae 　　　　　　名　香菸

답장
dap jjang 　　　　　　名　回信／回覆

당근
dang geun 　　　　　　名　胡蘿蔔

당신
dang sin 　　　　　　代　您

대답하다
dae da pa da 　　　　動　回答

變化 대답해요, 대답했어요, 대답할 거예요, 대답합니다

030 track

例 빨리 대답하세요.
ppal li dae da pa se yo
請快點回答。

대부분		
dae bu bun	名	大部分

대사관		
dae sa gwan	名	大使館

대학		
dae hak	名	大學

대학교		
dae hak kkyo	名	大學

대학생		
dae hak ssaeng	名	大學生

대학원		
dae ha gwon	名	研究所

대화		
dae hwa	名	對話

대회		
dae hoe	名	大會

댁		
daek	名	府上（집的敬語）

더		
deo	副	更／更加

track 跨頁共同導讀 030

더럽다
deo reop tta　　　　　　形　髒

變化 더러운, 더러워요, 더러웠어요, 더럽습니다

例 학교 화장실이 참 더럽습니다.
hak kkyo hwa jang si ri cham deo reop sseum ni da
學校的廁所真髒。

덥다
deop tta　　　　　　形　熱

變化 더운, 더워요, 더웠어요, 덥습니다

例 날씨가 너무 덥습니다.
nal ssi kka neo mu deop sseum ni da
天氣太熱了。

덮다
deop tta　　　　　　動　蓋／掩蓋

變化 덮어요, 덮었어요, 덮을 거예요, 덮습니다

例 이불 잘 덮고 주무세요.
i bul jal tteop kko ju mu se yo
把被子蓋好，睡覺吧！

데리다
de ri da　　　　　　動　帶領

變化 데려요, 데렸어요, 데릴 거예요, 데립니다

例 아이들을 데리고 여행을 가고 싶어요.
a i deu reul tte ri go yeo haeng eul kka go si peo yo
我想帶孩子們去旅行。

031 **track**

데이트 de i teu	名	約會
도로 do ro	名	道路
도서관 do seo gwan	名	圖書館
도시 do si	名	都市
도움 do um	名	幫助
도착하다 do cha ka da	動	抵達

變化 도착해요, 도착했어요, 도착할 거예요, 도착합니다

例 집에 도착하면 내게 전화해 줘요.

ji be do cha ka myeon nae ge jeon hwa hae jwo yo

到家的話，打電話給我。

독서 dok sseo	名	讀書
돈 don	名	錢
돌아가다 do ra ga da	動	回去

變化 돌아가요, 돌아갔어요, 돌아갈 거예요, 돌아갑니다

track 跨頁共同導讀 031

例 저는 돌아갈 곳이 없습니다.

jeo neun do ra gal kko si eop sseum ni da

我沒有可以回去的地方。

돕다

dop tta　　　　　動　幫助

變化 도와요, 도왔어요, 도울 거예요, 돕습니다

例 제가 도울 수 있는 것이 있을까요?

je ga do ul su in neun geo si i sseul kka yo

有我可以幫忙的地方嗎?

동네

dong ne　　　　　名　村莊／鄰里／社區

동물

dong mul　　　　　名　動物

동생

dong saeng　　　　名　弟弟／妹妹

동아리

dong a ri　　　　　名　社團

동안

dong an　　　　　名　期間

동양

dong yang　　　　名　東洋／東方

동전

dong jeon　　　　名　銅錢／硬幣

032 **track**

동쪽 dong jjok	名	東邊
돼지 dwae ji	名	豬
되다 doe da	動	變成／可以

變化 돼요, 됐어요, 될 거예요, 됩니다

例 한국어 선생님이 되는 게 제 꿈이에요.
han gu geo seon saeng ni mi doe neun ge je kku mi e yo
當韓國語老師是我的夢想。

例 지금 퇴근하셔도 됩니다.
ji geum toe geun ha syeo do doem ni da
您現在可以下班了。

된장 doen jang	名	大醬／味噌
두 du	冠	二（後方接上量詞）
두껍다 du kkeop tta	形	厚

變化 두꺼운, 두꺼워요, 두꺼웠어요, 두껍습니다

例 오늘 두꺼운 사전 한 권을 샀어요.
o neul ttu kkeo un sa jeon han gwo neul ssa sseo yo
今天買了一本厚的字典。

track 跨頁共同導讀 032

두다 du da	動 置／放

變化 둬요, 뒀어요, 둘 거예요, 둡니다

例 열쇠를 방에 두고 나왔어요.
yeol soe reul ppang e du go na wa sseo yo
我把鑰匙忘在房間了。

두부 du bu	名 豆腐

둘 dul	數 二

둘째 dul jjae	冠 第二

뒤 dwi	名 後面

드라마 deu ra ma	名 電視劇／戲劇

드리다 deu ri da	動 給（주다的謙讓語）

變化 드려요, 드렸어요, 드릴 거예요, 드립니다

例 사장님, 전해 드릴 것이 있습니다.
sa jang nim jeon hae deu ril geo si it sseum ni da
社長，我有東西要交給您。

033 track

듣다
deut tta

動 聽／聽見

變化 들어요, 들었어요, 들을 거예요, 듣습니다

例 방금 전에 제가 한 말 들었어요?
bang geum jeo ne je ga han mal tteu reo sseo yo
剛才我講得話你聽見了嗎？

들다
deul tta

動 拿／提／舉

變化 들어요, 들었어요, 들 거예요, 듭니다

例 손을 들어보세요!
so neul tteu reo bo se yo
請舉手！

들어가다
deu reo ga da

動 進去

變化 들어가요, 들어갔어요, 들어갈 거예요, 들어갑니다

例 방 안으로 들어가도 됩니까?
bang a neu ro deu reo ga do doem ni kka
我可以進去房間裡面嗎？

등
deung

名 背

등산
deung san

名 爬山／登山

디자인
di ja in

名 設計／圖案

track 跨頁共同導讀 033

따뜻하다
tta tteu ta da
形 温暖

變化 따뜻한, 따뜻해요, 따뜻했어요, 따뜻합니다

例 날씨가 점점 따뜻해지네요.
nal ssi kka jeom jeom tta tteu tae ji ne yo
天氣漸漸暖和起來了呢！

따라가다
tta ra ga da
動 跟隨／追趕

變化 따라가요, 따라갔어요, 따라갈 거예요, 따라갑니다

例 엄마, 저도 따라가도 돼요?
eom ma jeo do tta ra ga do dwae yo
媽，我也可以跟著去嗎？

따로
tta ro
副 另外／分開

딸
ttal
名 女兒

딸기
ttal kki
名 草莓

땀
ttam
名 汗

떠나다
tteo na da
動 離開／動身

變化 떠나요, 떠났어요, 떠날 거예요, 떠납니다

034 `track`

例 저는 한국 여행을 떠날 겁니다.
jeo neun han guk yeo haeng eul tteo nal kkeom ni da
我即將要去韓國旅行。

떠들다 tteo deul tta	動 吵鬧／喧嘩

變化 떠들어요, 떠들었어요, 떠들 거예요, 떠듭니다

例 제발 도서관에서는 떠들지 마세요.
je bal tto seo gwa ne seo neun tteo deul jji ma
se yo
拜託請不要在圖書館喧嘩。

떡 tteok	名 年糕

떡볶이 tteok ppo kki	名 辣炒年糕

떨어지다 tteo reo ji da	動 掉落

變化 떨어져요, 떨어졌어요, 떨어질 거예요, 떨어집니다

例 아이가 침대에서 떨어졌어요!
a i ga chim dae e seo tteo reo jeo sseo yo
小孩子從床上掉下來了！

또 tto	副 又／再

똑같다 ttok kkat tta	形 一樣／相同

track 跨頁共同導讀 034

變化 똑같은, 똑같아요, 똑같았어요, 똑같습니다

例 가격은 똑같아요.
ga gyeo geun ttok kka ta yo
價格是一樣的。

뛰다
ttwi da　　　　　　動 跑／跳

變化 뛰어요, 뛰었어요, 뛸 거예요, 뜁니다

例 계단에서 뛰지 마세요.
gye da ne seo ttwi ji ma se yo
不要在樓梯上奔跑。

뜨겁다
tteu geop tta　　　　形 燙／熱

變化 뜨거운, 뜨거워요, 뜨거웠어요, 뜨겁습니다

例 뜨거우니까 천천히 드세요.
tteu geo u ni kka cheon cheon hi deu se yo
很燙請小心食用。

뜻
tteut　　　　　　名 意味／意思

단점
dan jeom　　　　　名 短處／缺點

달러
dal leo　　　　　名 美元／美金

담그다
dam geu da　　　　動 浸／醃／釀

035 track

變化 담가요, 담갔어요, 담글 거예요, 담급니다

例 김치 담글 줄 아세요?
gim chi dam geul jjul a se yo
你會醃製泡菜嗎？

덕분 deok ppun	名 幸虧／多虧
돼지고기 dwae ji go gi	名 豬肉

track 跨頁共同導讀 035

初級單字　　　　　　　ㄹ

라디오 ra di o	名	收音機／廣播
라면 ra myeon	名	泡麵／方便麵
러시아 reo si a	名	俄羅斯
로션 ro syeon	名	乳液

036 track

初級單字

ㅁ

마늘 ma neul	名 大蒜

마르다 ma reu da	動 乾／渴

變化 말라요, 말랐어요, 마를 거예요, 마릅니다

例 목이 말라요. 물 좀 주세요.
mo gi mal la yo mul jom ju se yo
我口渴，請給我水。

마리 ma ri	依 量 隻（動物）

마시다 ma si da	動 喝

變化 마셔요, 마셨어요, 마실 거예요, 마십니다

例 마실 것 좀 드릴까요?
ma sil geot jom deu ril kka yo
您要喝點什麼嗎？

마음 ma eum	名 心意／心胸／心

마지막 ma ji mak	名 最後／最終

track 跨頁共同導讀 036

마치다
ma chi da　　動 完成／結束

變化 마쳐요, 마쳤어요, 마칠 거예요, 마칩니다

例 내일까지 이 일을 마쳐 주세요.
nae il kka ji i i reul ma cheo ju se yo
明天之前請把這個工作完成。

막히다
ma ki da　　動 堵塞／塞（車）

變化 막혀요, 막혔어요, 막힐 거예요, 막힙니다

例 길이 많이 막히네요.
gi ri ma ni ma ki ne yo
路上大塞車耶！

만
man　　數 萬

만나다
man na da　　動 見面／遇到

變化 만나요, 만났어요, 만날 거예요, 만납니다

例 내일 한 번 만날까요?
nae il han beon man nal kka yo
我們明天見一面，好嗎？

만두
man du　　名 餃子

만들다
man deul tta　　動 作／製造

037 track

變化 만들어요, 만들었어요, 만들 거예요, 만듭니다

例 음식을 만들기 전에 손을 씻으세요.
eum si geul man deul kki jeo ne so neul ssi seu se yo
做菜之前要先洗手。

만지다 man ji da	動 摸／撫摸

變化 만져요, 만졌어요, 만질 거예요, 만집니다

例 여기 전시품을 만지지 마세요.
yeo gi jeon si pu meul man ji ji ma se yo
請勿觸摸這裡的展示品。

만화 man hwa	名 漫畫

많다 man ta	形 多

變化 많은, 많아요, 많았어요, 많습니다

例 오늘 해야 할 일이 많습니다.
o neul hae ya hal i ri man sseum ni da
今天要做的工作很多。

많이 ma ni	副 多

말씀하다 mal sseum ha da	動 說／講

變化 말씀해요, 말씀했어요, 말씀할 거예요, 말씀합니다

track 跨頁共同導讀 037

例 천천히 말씀하십시오.
cheon cheon hi mal sseum ha sip ssi o
請您慢慢說。

말하다 mal ha tta	動 說／說話

變化 말해요, 말했어요, 말할 거예요, 말합니다

例 그 일은 언니에게 말했어요?
geu i reun eon ni e ge mal hae sseo yo
你把那件事和姊姊說了嗎？

맑다 mak tta	形 （天氣）晴朗

變化 맑은, 맑아요, 맑았어요, 맑습니다

例 오후에는 맑은 날씨입니다.
o hu e neun mal geun nal ssi im ni da
下午是晴朗的好天氣。

맛 mat	名 味道

맛없다 ma deop tta	形 不好吃

變化 맛없는, 맛없어요, 맛없었어요, 맛없습니다

例 음식이 다 식어버려서 맛없어요.
eum si gi da si geo beo ryeo seo ma deop sseo yo
食物都冷了不好吃。

038 **track**

맛있다 ma sit tta	形 好吃／美味

變化 맛있는, 맛있어요, 맛있었어요, 맛있습니다

例 정말 맛있네요.
jeong mal ma sin ne yo
真的很好吃耶！

맞다 mat tta	動 正確／對

變化 맞아요, 맞았어요, 맞을 거예요, 맞습니다

例 당신 말이 맞아요.
dang sin ma ri ma ja yo
你說得對。

매다 mae da	動 繫／綁

變化 매요, 맸어요, 맬 거예요, 맵니다

例 안전벨트를 반드시 매도록 하세요.
an jeon bel teu reul ppan deu si mae do rok ha se yo
請務必繫上安全帶。

매우 mae u	副 非常

매일 mae il	副 名 每天

track 跨頁共同導讀 038

매주 mae ju	名	每週

맥주 maek jju	名	啤酒

맵다 maep tta	形	辣

變化 매운, 매워요, 매웠어요, 맵습니다

例 이 요리는 매운가요?
i yo ri neun mae un ga yo
這道菜會辣嗎？

머리 meo ri	名	頭／頭髮

먹다 meok tta	動	吃

變化 먹어요, 먹었어요, 먹을 거예요, 먹습니다

例 뭐 먹을래요?
mwo meo geul lae yo
你要吃什麼？

먼저 meon jeo	副	首先

멀다 meol da	形	遠

變化 먼, 멀어요, 멀었어요, 멉니다

039 **track**

例 여기서 지하철 역까지 멀어요?
yeo gi seo ji ha cheol yeok kka ji meo reo yo
這裡離地鐵站遠嗎？

멋있다 meo sit tta	形 好看／帥氣

變化 멋있는, 멋있어요, 멋있었어요, 멋있습니다

例 저 멋있는 남자는 누구예요?
jeo meo sin neun nam ja neun nu gu ye yo
那位帥氣的男子是誰啊？

메뉴 me nyu	名 菜單
메시지 me si ji	名 消息／口信
며칠 myeo chil	名 幾天
면도 myeon do	名 刮鬍刀
명 myeong	依 量 位／（幾）個人
명절 myeong jeol	名 節日
몇 myeot	數 幾／若干

track 跨頁共同導讀 039

모두 mo du	副 全部／總共

모레 mo re	名 副 後天

모르다 mo reu da	動 不知道／不懂／不認識

變化 몰라요, 몰랐어요, 모를 거예요, 모릅니다

例 저는 아무것도 모릅니다.

jeo neun a mu geot tto mo reum ni da

我什麼也不知道。

모양 mo yang	名 模樣／樣子

모으다 mo eu da	動 收集／籌措

變化 모아요, 모았어요, 모을 거예요, 모읍니다

例 나는 지금 자금을 모으고 있다.

na neun ji geum ja geu meul mo eu go it tta

我現在正在籌措資金。

모자 mo ja	名 帽子

목 mok	名 脖子／喉嚨

목걸이 mok kkeo ri	名 項鍊

040 **track**

목소리 mok sso ri	名	聲音

목요일 mo gyo il	名	星期四

목욕하다 mo gyo ka da	動	洗澡／沐浴

變化 목욕해요, 목욕했어요, 목욕할 거예요, 목욕합니다

例 먼저 목욕하시는 게 어떠세요?
meon jeo mo gyo ka si neun ge eo tteo se yo
您先去洗澡，如何？

목적 mok jjeok	名	目的

몸 mom	名	身體

못하다 mo ta da	動	不會／不能

變化 못해요, 못했어요, 못할 거예요, 못합니다

例 그는 못하는 게 없구나.
geu neun mo ta neun ge eop kku na
他什麼都會呢！

무 mu	名	蘿蔔

무겁다 mu geop tta	形	重／沈重

track 跨頁共同導讀 040

變化 무거운, 무거워요, 무거웠어요, 무겁습니다

例 무겁죠? 도와 줄게요.
mu geop jjyo do wa jul ge yo
很重吧？我幫你。

무료 mu ryo	名	免費
무릎 mu reup	名	膝蓋
무섭다 mu seop tta	形	可怕／害怕

變化 무서운, 무서워요, 무서웠어요, 무섭습니다

例 지진이 너무 무섭습니다.
ji ji ni neo mu mu seop sseum ni da
地震很可怕。

무슨 mu seun	冠	什麼
무엇 mu eot	代	什麼
무용 mu yong	名	舞蹈
무척 mu cheok	副	非常／極為
문 mun	名	門

041 **track**

문장 mun jang	名 文章／句子

문제 mun je	名 問題

문화 mun hwa	名 文化

묻다 mut tta	動 問／詢問

變化 물어요, 물었어요, 물을 거예요, 묻습니다

例 한 가지를 물어도 될까요?
han ga ji reul mu reo do doel kka yo
我可以問你一個問題嗎？

물 mul	名 水

물건 mul geon	名 物品／東西

물론 mul lon	副 名 當然／不用說

물어보다 mu reo bo da	動 問看看

變化 물어봐요, 물어봤어요, 물어볼 거예요, 물어봅니다

track 跨頁共同導讀 041

例 그런 걸 왜 나한테 물어봐요?
geu reon geol wae na han te mu reo bwa yo
那種事為什麼要問我呢？

뭐 mwo	代 什麼
미국 mi guk	名 美國
미래 mi rae	名 未來
미리 mi ri	副 事先／預先
미술 mi sul	名 美術
미안하다 mi an ha da	形 對不起／抱歉

變化 미안한, 미안해요, 미안했어요, 미안합니다

例 미안해요. 제 잘못입니다.
mi an hae yo je jal mo sim ni da
對不起，我錯了。

미용실 mi yong sil	名 美容院
미터 mi teo	依 量 公尺

042 track

| 밀리다
mil li da | 動 堆積／積壓 |

變化 밀려요, 밀렸어요, 밀릴 거예요, 밀립니다

例 일이 많이 밀려서 계속 일하고 있다.
i ri ma ni mil lyeo seo gye sok il ha go it tta
我工作堆積很多，所以一直在工作。

| 밑
mit | 名 下面／底下 |

初級單字

ㅂ

바꾸다
ba kku da　　動 換／交換

變化 바꿔요, 바꿨어요, 바꿀 거예요, 바꿉니다

例 달러를 한국 돈으로 바꿔 주세요.
dal leo reul han guk do neu ro ba kkwo ju se yo
請幫我把美金換成韓幣。

바나나
ba na na　　名 香蕉

바다
ba da　　名 海／海邊

바라다
ba ra da　　動 希望／盼望

變化 바라요, 바랐어요, 바랄 거예요, 바랍니다

例 늘 건강하시고 행복하시기 바랍니다.
neul kkeon gang ha si go haeng bo ka si gi ba ram ni da
希望您能一直健康幸福。

바람
ba ram　　名 風

바로
ba ro　　副 馬上／就是

043 **track**

바쁘다 ba ppeu da	形	忙碌

變化 바쁜, 바빠요, 바빴어요, 바쁩니다

例 지금 바쁘십니까?
ji geum ba ppeu sim ni kka
您現在忙嗎？

바이올린 ba i ol lin	名	小提琴

바지 ba ji	名	褲子

박물관 bang mul gwan	名	博物館

박수 bak ssu	名	鼓掌

밖 bak	名	外面

반 ban	名	一半／半

반갑다 ban gap tta	形	高興

變化 반가운, 반가워요, 반가웠어요, 반갑습니다

例 친구야, 다시 만나서 반갑다.
chin gu ya da si man na seo ban gap tta
我的朋友啊！很高興能再見到你。

track 跨頁共同導讀 043

반지 ban ji	名	戒指

받다 bat tta	動	接受／收下

變化 받아요, 받았어요, 받을 거예요, 받습니다

例 죄송해요. 제 사과를 받아주세요.
joe song hae yo je sa gwa reul ppa da ju se yo
對不起，請接受我的道歉。

발 bal	名	腳／足

발가락 bal kka rak	名	腳趾

발표 bal pyo	名	發表

밝다 bak tta	形	明亮／光明

變化 밝은, 밝아요, 밝았어요, 밝습니다

例 우리의 미래는 밝습니다.
u ri ui mi rae neun bak sseum ni da
我們的未來是光明的。

밤 bam	名	晚上／夜

044 track

밥 bap	名 飯
방 bang	名 房間
방법 bang beop	名 方法
방송 bang song	名 廣播／播送
방학 bang hak	名 放假
배 bae	名 肚子
배 bae	名 船
배 bae	名 梨子
배구 bae gu	名 排球
배달 bae dal	名 投遞／外送
배우 bae u	名 演員

track 跨頁共同導讀 044

배우다 bae u da	動 學習

變化 배워요, 배웠어요, 배울 거예요, 배웁니다

例 저는 한국어를 배우고 싶습니다.
jeo neun han gu geo reul ppae u go sip sseum ni da
我想學韓國語。

배탈 bae tal	名 肚子痛／腹瀉

백 baek	數 百

백화점 bae kwa jeom	名 百貨公司

버리다 beo ri da	動 丟掉／扔掉

變化 버려요, 버렸어요, 버릴 거예요, 버립니다

例 쓰레기를 함부로 버리면 안 돼요!
sseu re gi reul ham bu ro beo ri myeon an dwae yo
垃圾不可以亂丟。

버스 beo seu	名 公車／巴士

번호 beon ho	名 號碼

벌다 beol da	動 賺（錢）

045 **track**

變化 벌어요, 벌었어요, 벌 거예요, 법니다

例 돈을 벌기 위해 식당에서 아르바이트를 하고 있다.

do neul ppeol gi wi hae sik ttang e seo a reu ba i teu reul ha go it tta

為了賺錢，在餐廳打工。

벌써 beol sseo	副	已經
벗다 beot tta	動	脫(衣服、鞋子)

變化 벗어요, 벗었어요, 벗을 거예요, 벗습니다

例 들어가기 전에 신발을 벗으세요.

deu reo ga gi jeo ne sin ba reul ppeo seu se yo

進去之前，請先脫鞋。

벽 byeok	名	牆壁
변호사 byeon ho sa	名	律師
별 byeol	名	星星
별로 byeol lo	副	不怎麼 (與否定句一起使用)
병원 byeong won	名	醫院

track 跨頁共同導讀 045

보내다
bo nae da 　　　動　寄／送／度過

變化 보내요, 보냈어요, 보낼 거예요, 보냅니다

例 제 짐을 찾았으면 호텔로 보내주세요.
je ji meul cha ja sseu myeon ho tel lo bo nae ju se yo
如果找到我的行李，請送來飯店給我。

보다
bo da 　　　動　看

變化 봐요, 봤어요, 볼 거예요, 봅니다

例 같이 영화 보러 갈까요?
ga chi yeong hwa bo reo gal kka yo
一起去看電影，好嗎？

보이다
bo i da 　　　動　看見

變化 보여요, 보였어요, 보일 거예요, 보입니다

例 저기 큰 빌딩이 보입니까?
jeo gi keun bil ding i bo im ni kka
有看到那裡的大棟建築物嗎？

보통
bo tong 　　　副 名　普通／通常

복숭아
bok ssung a 　　　名　桃子

복잡하다
bok jja pa da 　　　形　複雜

046 **track**

變化 복잡한, 복잡해요, 복잡했어요, 복잡합니다

例 한국의 지하철은 정말 복잡합니다.
han gu gui ji ha cheo reun jeong mal ppok jja pam ni da
韓國的地鐵真複雜。

볶음밥 bo kkeum bap	名	炒飯
볼펜 bol pen	名	原子筆
봄 bom	名	春天
봉지 bong ji	名	袋子
봉투 bong tu	名	信封／封套／紙袋
부드럽다 bu deu reop tta	形	柔和／柔軟

變化 부드러운, 부드러워요, 부드러웠어요, 부드럽습니다

例 이 옷 재질은 부드럽네요.
i ot jae ji reun bu deu reom ne yo
這件衣服的材質很柔軟耶！

부르다 bu reu da	動	叫／呼喚

track 跨頁共同導讀 046

變化 불러요, 불렀어요, 부를 거예요, 부릅니다

例 사장님, 저 부르셨어요?

sa jang nim jeo bu reu syeo sseo yo

社長，您叫我嗎？

부모 bu mo	名 父母

부부 bu bu	名 夫婦／夫妻

부엌 bu eok	名 廚房

부지런하다 bu ji reon ha da	形 勤快／勤勉

變化 부지런한, 부지런해요, 부지런했어요, 부지런합니다

例 그는 매우 부지런하고 일도 열심히 한다.

geu neun mae u bu ji reon ha go il do yeol sim hi han da

他很勤快，工作也很認真。

부치다 bu chi da	動 郵寄

變化 부쳐요, 부쳤어요, 부칠 거예요, 부칩니다

例 짐을 한국으로 부쳐 주실래요?

ji meul han gu geu ro bu cheo ju sil lae yo

你可以幫我把行李寄回韓國嗎？

047 track

부탁 bu tak	名 委託／請託

북쪽 buk jjok	名 北邊

분위기 bu nwi gi	名 氣氛

불 bul	名 火

불고기 bul go gi	名 烤肉

불다 bul da	動 吹／刮

變化 불어요, 불었어요, 불 거예요, 붑니다

例 이곳은 강한 바람이 불고 있습니다.
i go seun gang han ba ra mi bul go it sseum ni da
這裡正刮著強風。

붙다 but tta	動 黏貼／合格

變化 붙어요, 붙었어요, 붙을 거예요, 붙습니다

例 그는 좋은 대학에 붙었다.
geu neun jo eun dae ha ge bu teot tta
他考上了好大學。

붙이다 bu chi da	動 黏貼／緊靠

track 跨頁共同導讀 047

變化 붙여요, 붙였어요, 붙일 거예요, 붙입니다

例 얼마 짜리 우표를 붙여야 해요?

eol ma jja ri u pyo reul ppu tyeo ya hae yo

我要貼多少錢的郵票？

비 bi	名 雨
비누 bi nu	名 肥皂
비디오 bi di o	名 錄影機
비밀 bi mil	名 祕密
비빔밥 bi bim bap	名 拌飯
비슷하다 bi seu ta da	形 相似／近似

變化 비슷한, 비슷해요, 비슷했어요, 비슷합니다

例 다른 비슷한 게 있나요?

da reun bi seu tan ge in na yo

有其他類似的嗎？

비싸다 bi ssa da	形 （價錢）貴

變化 비싼, 비싸요, 비쌌어요, 비쌉니다

048 **track**

例 집세가 너무 비싸요.
jip sse ga neo mu bi ssa yo
房租太貴了。

비행기 bi haeng gi	名 飛機
빌딩 bil ding	名 大廈／大樓
빌리다 bil li da	動 借／借給

變化 빌려요, 빌렸어요, 빌릴 거예요, 빌립니다

例 핸드폰 좀 빌려 주세요.
haen deu pon jom bil lyeo ju se yo
請借我手機。

빠르다 ppa reu da	形 快／早

變化 빠른, 빨라요, 빨랐어요, 빠릅니다

例 고양이의 동작은 매우 빠릅니다.
go yang i ui dong ja geun mae u ppa reum ni da
貓的速度很快。

빨간색 ppal kkan saek	名 紅色
빨다 ppal tta	動 洗／洗滌

track 跨頁共同導讀 048

變化 빨아요, 빨았어요, 빨 거예요, 빱니다

例 양복 바지는 세탁기로 빨면 안 되나요?
yang bok ba ji neun se tak kki ro ppal myeon an doe na yo
西裝褲不能用洗衣機洗嗎？

빨리 ppal li	副 趕緊／趕快
빵 ppang	名 麵包
빼다 ppae da	動 拔出／拿掉／抽出

變化 빼요, 뺐어요, 뺄 거예요, 뺍니다

例 힘을 빼세요.
hi meul ppae se yo
請放鬆。

049 **track**

初級單字

ㅅ

사 sa	數	四

사계절 sa gye jeol	名	四季

사고 sa go	名	事故

사과 sa gwa	名	蘋果

사다 sa da	動	買／購買

變化 사요, 샀어요, 살 거예요, 삽니다

例 만약 돈이 있다면 집을 사고 싶어요.
ma nyak do ni it tta myeon ji beul ssa go si peo yo
如果我有錢，想買房子。

사람 sa ram	名	人

사랑하다 sa rang ha da	動	愛

變化 사랑해요, 사랑했어요, 사랑할 거예요, 사랑합니다

track 跨頁共同導讀 049

例 당신을 사랑해요.
dang si neul ssa rang hae yo
我愛你。

사무실 sa mu sil	名	辦公室
사물 sa mul	名	事物
사용하다 sa yong ha da	動	使用

變化 사용해요, 사용했어요, 사용할 거예요, 사용합니다

例 이건 어떻게 사용하는지 몰라요.
i geon eo tteo ke sa yong ha neun ji mol la yo
我不知道這個怎麼使用。

사월 sa wol	名	四月
사이 sa i	名	中間／之間
사이다 sa i da	名	汽水
사이즈 sa i jeu	名	尺寸
사인하다 sa in ha da	動	簽名／署名

050 **track**

變化 사인해요, 사인했어요, 사인할 거예요, 사인합니다

例 손님, 여기에 사인해 주세요.

son nim yeo gi e sa in hae ju se yo

客人，請您在這裡簽名。

사장 sa jang	名	總經理／社長
사전 sa jeon	名	字典
사진 sa jin	名	照片
사촌 sa chon	名	堂兄弟／堂姊妹
사탕 sa tang	名	糖／糖果
사흘 sa heul	名	三天
산 san	名	山
살 sal	依	～歲
살다 sal tta	動	居住

變化 살아요, 살았어요, 살 거예요, 삽니다

track 跨頁共同導讀 050

例 지금 어디에 사세요?
ji geum eo di e sa se yo
您現在住在哪裡？

삼 sam	數	三
삼월 sa mwol	名	三月
삼촌 sam chon	名	叔叔
상처 sang cheo	名	傷口
상품 sang pum	名	商品
새 sae	名	鳥
새로 sae ro	副	新／重新
새벽 sae byeok	名	清晨／凌晨
새우 sae u	名	蝦
색깔 saek kkal	名	顏色

051 **track**

샌드위치 saen deu wi chi	名	三明治

생각하다 saeng ga ka da	動	想／認為

變化 생각해요, 생각했어요, 생각할 거예요, 생각합니다

例 이 제안에 대해 어떻게 생각하세요?
i je a ne dae hae eo tteo ke saeng ga ka se yo
你覺得這個提案如何？

생기다 saeng gi da	動	發生／產生／有了

變化 생겨요, 생겼어요, 생길 거예요, 생깁니다

例 저 여자친구 생겼어요.
jeo yeo ja chin gu saeng gyeo sseo yo
我有女朋友了。

생선 saeng seon	名	魚／鮮魚

생신 saeng sin	名	生日／生辰

생일 saeng il	名	生日

생활 saeng hwal	名	生活

샤워하다 sya wo ha da	動	淋浴／洗澡

track 跨頁共同導讀 051

變化 샤워해요, 샤워했어요, 샤워할 거예요, 샤워합니다

例 그녀는 지금 샤워 중이다.

geu nyeo neun ji geum sya wo jung i da

她現在在洗澡。

서다 seo da	動	立／站

變化 서요, 섰어요, 설 거예요, 섭니다

例 여기 서 있지 마세요.

yeo gi seo it jji ma se yo

請不要站在這裡。

서로 seo ro	副	相互
서류 seo ryu	名	文件
서른 seo reun	數	三十
서비스 seo bi seu	名	服務
서울 seo ul	名	首爾
서점 seo jeom	名	書店
서쪽 seo jjok	名	西邊

052 **track**

선물하다
seon mul ha da | 動 送（禮物）

變化 선물해요, 선물했어요, 선물할 거예요, 선물합니다

例 친구에게 가방을 선물했어요.
chin gu e ge ga bang eul sseon mul hae sseo yo
送了朋友包包。

선배
seon bae | 名 前輩／學長姊

선생님
seon saeng nim | 名 老師

선수
seon su | 名 選手

선택하다
seon tae ka da | 動 選擇

變化 선택해요, 선택했어요, 선택할 거예요, 선택합니다

例 마음에 드는 걸 선택하세요.
ma eu me deu neun geol seon tae ka se yo
選擇您喜歡的吧。

선풍기
seon pung gi | 名 電風扇

설거지
seol geo ji | 名 洗碗

설날
seol lal | 名 新年／春節

track 跨頁共同導讀 052

설명하다
seol myeong ha da　動　説明

變化 설명해요, 설명했어요, 설명할 거예요, 설명합니다

例 자세히 설명해 주시겠어요?
ja se hi seol myeong hae ju si ge sseo yo
可以請您仔細做説明嗎？

설탕
seol tang　名　糖

섬
seom　名　島

성
seong　名　姓氏

성격
seong gyeok　名　性格／性質

성함
seong ham　名　姓名

세계
se gye　名　世界

세수하다
se su ha da　動　洗臉

變化 세수해요, 세수했어요, 세수할 거예요, 세수합니다

例 저는 아침에 냉수로 세수합니다.
jeo neun a chi me naeng su ro se su ham ni da
我早上用冷水洗臉。

053 **track**

세우다
se u da

動 停（車）／建立

變化 세워요, 세웠어요, 세울 거예요, 세웁니다

例 여기서 세워 주세요.
yeo gi seo se wo ju se yo
請在這裡停車。

세탁기
se tak kki

名 洗衣機

센터
sen teo

名 中心

센티미터
sen ti mi teo

依 公分

셋
set

數 三

셋째
set jjae

冠 第三

소
so

名 牛

소개하다
so gae ha da

動 介紹

變化 소개해요, 소개했어요, 소개할 거예요, 소개합니다

例 여자 친구 좀 소개해 주세요.
yeo ja chin gu jom so gae hae ju se yo
請介紹女朋友給我。

소금 so geum	名 鹽
소리 so ri	名 聲音
소설 so seol	名 小説
소식 so sik	名 消息
소포 so po	名 包裹
소풍 so pung	名 郊遊／遠足
손 son	名 手
손가락 son ga rak	名 手指
손님 son nim	名 客人
손수건 son su geon	名 手帕
쇼핑 syo ping	名 購物

054 **track**

수건 su geon	名 毛巾

수도 su do	名 首都

수박 su bak	名 西瓜

수술하다 su sul ha da	動 手術

變化 수술해요, 수술했어요, 수술할 거예요, 수술합니다

例 저 쌍꺼풀 수술했어요.
jeo ssang kkeo pul su sul hae sseo yo
我做了雙眼皮手術。

수업 su eop	名 課程／上課

수영하다 su yeong ha da	動 游泳

變化 수영해요, 수영했어요, 수영할 거예요, 수영합니다

例 여기서 수영할 수 있어요?
yeo gi seo su yeong hal ssu i sseo yo
這裡可以游泳嗎？

수영장 su yeong jang	名 游泳池

수요일 su yo il	名 星期三

수학 su hak	名	數學

숙제 suk jje	名	作業

순서 sun seo	名	順序

숟가락 sut kka rak	名	湯匙

술 sul	名	酒

쉬다 swi da	動	休息

變化 쉬어요, 쉬었어요, 쉴 거예요, 쉽니다

例 잠깐 쉴까요?
jam kkan swil kka yo
休息一下好嗎?

쉰 swin	數	五十

쉽다 swip tta	形	容易／簡單

變化 쉬운, 쉬워요, 쉬웠어요, 쉽습니다

例 어제 시험은 아주 쉬웠어요.
eo je si heo meun a ju swi wo sseo yo
昨天的考試很簡單。

055 **track**

슈퍼마켓 syu peo ma ket	名 超市
스물 seu mul	數 二十
스웨터 seu we teo	名 毛衣
스케이트 seu ke i teu	名 滑冰／溜冰
스키 seu ki	名 滑雪
스트레스 seu teu re seu	名 （精神）壓力
스포츠 seu po cheu	名 體育運動
슬프다 seul peu tta	形 難過／傷心

變化 슬픈, 슬퍼요, 슬펐어요, 슬픕니다

例 슬퍼 보이시네요.
seul peo bo i si ne yo
您看起來很難過呢！

습관 seup kkwan	名 習慣

시 si	依	〜時／〜點
시간 si gan	名	時間
시계 si gye	名	時鐘／手錶
시골 si gol	名	鄉下／鄉村
시끄럽다 si kkeu reop tta	形	喧嘩／吵雜

變化 시끄러운, 시끄러워요, 시끄러웠어요, 시끄럽습니다

例 도시는 편리하지만 매우 시끄럽다.
do si neun pyeol li ha ji man mae u si kkeu reop tta
雖然都市很便利，但是很吵。

시내 si nae	名	市內／市區
시다 si da	形	酸

變化 신, 시어요, 시었어요, 십니다

例 저는 신 음식을 좋아합니다.
jeo neun sin eum si geul jjo a ham ni da
我喜歡吃酸的東西。

056 track

시설 si seol	名	設施

시외 si oe	名	郊外／郊區

시원하다 si won ha da	形	涼快／涼爽

變化 시원한, 시원해요, 시원했어요, 시원합니다

例 비가 오니까 많이 시원해졌어요.
bi ga o ni kka ma ni si won hae jeo sseo yo
下雨後，涼爽了許多。

시월 si wol	名	十月

시작 si jak	名	開始

시장 si jang	名	市場

시키다 si ki da	動	點（菜）／叫外送

變化 시켜요, 시켰어요, 시킬 거예요, 시킵니다

例 뭘 시킬까요?
mwol si kil kka yo
你要點什麼菜？

track 跨頁共同導讀 056

시험 si heom	名	考試
식당 sik ttang	名	餐館
식사 sik ssa	名	吃飯／用餐
신다 sin da	動	穿（鞋／襪）

變化 신어요, 신었어요, 신을 거예요, 신습니다

例 이 신발을 신어보세요.

i sin ba reul ssi neo bo se yo

請穿看看這雙鞋。

신문 sin mun	名	報紙
신발 sin bal	名	鞋子
신청하다 sin cheong ha da	動	申請

變化 신청해요, 신청했어요, 신청할 거예요, 신청합니다

例 한국어 수업을 신청했어요.

han gu geo su eo beul ssin cheong hae sseo yo

我申請了韓國語課程。

신호등 sin ho deung	名	紅綠燈

057 track

실례하다
sil lye ha da　　　動　失禮／失陪／打擾

變化 실례해요, 실례했어요, 실례할 거예요, 실례합니다

例 실례하지만 좀 도와줄 수 있어요?
sil lye ha ji man jom do wa jul su i sseo yo
不好意思，可以幫忙我一下嗎？

실수
sil su　　　名　失誤／弄錯

싫다
sil ta　　　形　討厭

變化 싫은, 싫어요, 싫었어요, 싫습니다

例 나 집에 가기 싫어요.
na ji be ga gi si reo yo
我不想回家。

십
sip　　　數　十

십이월
si bi wol　　　名　十二月

십일월
si bi rwol　　　名　十一月

싱겁다
sing geop tta　　　形　（味道）淡

變化 싱거운, 싱거워요, 싱거웠어요, 싱겁습니다

track 跨頁共同導讀 057

例 이거 좀 싱거워요.
i geo jom sing geo wo yo
這個味道有點淡。

싸다	
ssa da	動 打包

變化 싸요, 쌌어요, 쌀 거예요, 쌉니다

例 빨리 짐을 싸세요.
ppal li ji meul ssa se yo
趕快打包行李。

싸다	
ssa da	形 便宜

變化 싼, 싸요, 쌌어요, 쌉니다

例 옷을 싸게 파는 곳 알려주세요.
o seul ssa ge pa neun got al lyeo ju se yo
請告訴我哪裡有衣服賣得很便宜的地方。

싸우다	
ssa u da	動 打架／吵架

變化 싸워요, 싸웠어요, 싸울 거예요, 싸웁니다

例 친구랑 싸우면 안 돼요.
chin gu rang ssa u myeon an dwae yo
不可以和朋友吵架。

쌀	
ssal	名 米

쌓이다	
ssa i da	動 積壓／累積

058 `track`

變化 쌓여요, 쌓였어요, 쌓일 거예요, 쌓입니다

例 집 앞에 눈이 많이 쌓였어요.
jip a pe nu ni ma ni ssa yeo sseo yo
家裡前面堆積了很多雪。

썰다	
sseol da	動 切

變化 썰어요, 썰었어요, 썰 거예요, 썹니다

例 오이를 채 썰어 주세요.
o i reul chae sseo reo ju se yo
請把小黃瓜切成細絲。

쓰다	
sseu da	動 寫／書寫

變化 써요, 썼어요, 쓸 거예요, 씁니다

例 형이 방에서 편지를 쓰고 있다.
hyeong i bang e seo pyeon ji reul sseu go it tta
哥哥在房間裡寫信。

쓰다	
sseu da	動 戴（帽子／眼鏡）

變化 써요, 썼어요, 쓸 거예요, 씁니다

例 매일 모자를 쓰고 다녀요.
mae il mo ja reul sseu go da nyeo yo
每天都戴著帽子出門。

쓰다	
sseu da	動 使用

track 跨頁共同導讀 058

變化 써요, 썼어요, 쓸 거예요, 씁니다

例 전화 좀 써도 돼요?
jeon hwa jom sseo do dwae yo
我可以使用電話嗎？

쓰다		
sseu da	形	（味道）苦

變化 쓴, 써요, 썼어요, 씁니다

例 원두커피가 너무 써요.
won du keo pi ga neo mu sseo yo
原豆咖啡很苦。

쓰레기		
sseu re gi	名	垃圾

씹다		
ssip tta	動	嚼

變化 씹어요, 씹었어요, 씹을 거예요, 씹습니다

例 교실에서 껌을 씹으면 안 돼요.
gyo si re seo kkeo meul ssi beu myeon an dwae yo
不可以在教室嚼口香糖。

씻다		
ssit tta	動	洗（手／食材）

變化 씻어요, 씻었어요, 씻을 거예요, 씻습니다

例 식사하기 전에 손을 씻으세요.
sik ssa ha gi jeo ne so neul ssi seu se yo
用餐前請洗手。

059 track

初級單字　　　　　ㅇ

아가씨 a ga ssi	名	小姐

아기 a gi	名	嬰兒

아까 a kka	副	剛才／剛剛

아내 a nae	名	妻子／太太

아니다 a ni da	形	不是／不／沒有

變化 아닌, 아니에요, 아니였어요, 아닙니다

例 이건 제 책이 아닙니다.
i geon je chae gi a nim ni da
這不是我的書。

아들 a deul	名	兒子

아래 a rae	名	下面

아름답다 a reum dap tta	形	美麗／漂亮

track 跨頁共同導讀 059

變化 아름다운, 아름다워요, 아름다웠어요, 아름답습니다

例 여기 풍경이 참 아름답습니다.

yeo gi pung gyeong i cham a reum dap
sseum ni da

這裡的風景真美。

아마 a ma	副	也許／可能
아무 a mu	冠 代	任何／誰
아버지 a beo ji	名	父親
아빠 a ppa	名	爸爸
아시아 a si a	名	亞洲
아이 a i	名	小孩／孩子
아이스크림 a i seu keu rim	名	冰淇淋
아저씨 a jeo ssi	名	叔叔／大叔
아주 a ju	副	很／非常

060 **track**

아주머니 a ju meo ni	名	阿姨／大嬸
아직 a jik	副	還／尚
아침 a chim	名	早上／早餐
아파트 a pa teu	名	大樓公寓
아프다 a peu da	形	痛／疼

變化 아픈, 아파요, 아팠어요, 아픕니다

例 충치 때문에 이가 아파요.
chung chi ttae mu ne i ga a pa yo
因為蛀牙牙齒很痛。

아홉 a hop	數	九
아흔 a heun	數	九十
악기 ak kki	名	樂器
안 an	副	不

track 跨頁共同導讀 060

안 an	名 內／裡面

안경 an gyeong	名 眼鏡

안내하다 an nae ha da	動 引導／引領／帶路

變化 안내해요, 안내했어요, 안내할 거예요, 안내합니다

例 제가 안내해 드리겠습니다.
je ga an nae hae deu ri get sseum ni da
我來為您帶路。

안녕히 an nyeong hi	副 平安地

안다 an da	動 抱

變化 안아요, 안았어요, 안을 거예요, 안습니다

例 잘 때 곰 인형을 안고 자요.
jal ttae gom in hyeong eul an go ja yo
睡覺時，會抱著熊娃娃睡覺。

안전하다 an jeon ha da	形 安全

變化 안전한, 안전해요, 안전했어요, 안전합니다

例 여기는 아주 안전합니다.
yeo gi neun a ju an jeon ham ni da
這裡很安全。

061 track

앉다
an da 　　　動 坐

變化 앉아요, 앉았어요, 앉을 거예요, 앉습니다

例 여기 앉으세요.
yeo gi an jeu se yo
請坐這裡。

알다
al tta 　　　動 知道／認識

變化 알아요, 알았어요, 알 거예요, 압니다

例 그 일은 알고 있었어요?
geu i reun al kko i sseo sseo yo
那件事你已經知道了嗎？

알리다
al li da 　　　動 告訴／通知

變化 알려요, 알렸어요, 알릴 거예요, 알립니다

例 나중에 만나면 알려드릴게요.
na jung e man na myeon al lyeo deu ril ge yo
以後見面再告訴你。

앞
ap 　　　名 前面

액세서리
aek sse seo ri 　　　名 飾品

track 跨頁共同導讀 061

야구 ya gu	名	棒球
야채 ya chae	名	蔬菜
약 yak	冠	大約／大概
약 yak	名	藥
약속 yak ssok	名	約定／約束
얇다 yal tta	形	薄

變化 얇은, 얇아요, 얇았어요, 얇습니다

例 더 얇은 스마트폰은 없어요?
deo yal beun seu ma teu po neun eop sseo yo
沒有更薄一點的智慧型手機嗎?

양말 yang mal	名	襪子
양복 yang bok	名	西裝
양파 yang pa	名	洋蔥

062 **track**

애기하다
yae gi ha da　　動　談話／聊天

變化 애기해요, 애기했어요, 애기할 거예요, 애기합니다

例 이 일은 엄마에게 애기하지 마.
i i reun eom ma e ge yae gi ha ji ma
這件事別跟媽媽說。

어깨
eo kkae　　名　肩膀

어느
eo neu　　冠　某／哪個

어둡다
eo dup tta　　形　黑暗

變化 어두운, 어두워요, 어두웠어요, 어둡습니다

例 너무 어두워서 잘 보이지 않아요.
neo mu eo du wo seo jal ppo i ji a na yo
太暗了看不太清楚。

어디
eo di　　代　哪裡

어떤
eo tteon　　冠　什麼樣的

어떻다
eo tteo ta　　形　怎麼樣／如何

變化 어떤, 어때요, 어땠어요, 어떻습니다

track 跨頁共同導讀 062

例 오늘 시험이 어땠어요?

o neul ssi heo mi eo ttae sseo yo
今天的考試怎麼樣了？

어렵다		
eo ryeop tta	形	困難／難

變化 어려운, 어려워요, 어려웠어요, 어렵습니다

例 설명하기가 좀 어려워요.

seol myeong ha gi ga jom eo ryeo wo yo
有點難說明。

어른		
eo reun	名	大人／成人

어리다		
eo ri da	形	幼小／幼齒

變化 어린, 어려요, 어렸어요, 어립니다

例 제가 어렸을 때 제주도에 가 봤어요.

je ga eo ryeo sseul ttae je ju do e ga bwa sseo yo
我小時候去過濟州島。

어린이		
eo ri ni	名	兒童／小孩

어머니		
eo meo ni	名	媽媽／母親

어울리다		
eo ul li da	動	適合／相配

063 **track**

變化 어울려요, 어울렸어요, 어울릴 거예요, 어울립니다

例 이 색깔은 당신에게 잘 어울리네요.

i saek kka reun dang si ne ge jal eo ul li ne yo

這個顏色很適合你耶！

어제 eo je	名 昨天
어젯밤 eo jet ppam	名 昨天晚上
언니 eon ni	名 姊姊（妹妹稱呼姊姊）
언제 eon je	副 代 什麼時候
언제나 eon je na	副 總是
얼굴 eol gul	名 臉
얼마 eol ma	名 多少／多少錢
얼마나 eol ma na	副 多久／多麼／多少
얼음 eo reum	名 冰／冰塊

track 跨頁共同導讀 063

엄마 eom ma	名	媽媽

없다 eop tta	形	沒有

變化 없는, 없어요, 없었어요, 없습니다

例 여기 아무도 없어요?
yeo gi a mu do eop sseo yo
這裡沒有人嗎?

에어컨 e eo keon	名	空調／冷氣

여권 yeo gwon	名	護照

여기 yeo gi	代	這裡／這邊

여덟 yeo deol	數	八

여동생 yeo dong saeng	名	妹妹

여든 yeo deun	數	八十

여러 yeo reo	冠	好幾（個）

064 **track**

여러분 yeo reo bun	代 各位／大家
여름 yeo reum	名 夏天
여섯 yeo seot	數 六
여자 yeo ja	名 女子
여행 yeo haeng	名 旅行／旅遊
역 yeok	名 站
역사 yeok ssa	名 歷史
연세 yeon se	名 年紀
연습하다 yeon seu pa da	動 練習

變化 연습해요, 연습했어요, 연습할 거예요, 연습합니다

例 많이 연습하면 실력이 좋아질 겁니다.
ma ni yeon seu pa myeon sil lyeo gi jo a jil geom ni da
多練習的話，實力會增強的。

track 跨頁共同導讀 064

연필 yeon pil	名 鉛筆
연휴 yeon hyu	名 連假
열 yeol	數 十
열다 yeol da	動 打開

變化 열어요, 열었어요, 열 거예요, 엽니다

例 문 좀 열어 주세요.
mun jom yeo reo ju se yo
請幫我開門。

열쇠 yeol soe	名 鑰匙
열심히 yeol sim hi	副 積極地／認真地
열차 yeol cha	名 列車
엽서 yeop sseo	名 明信片
영어 yeong eo	名 英語

065 **track**

| 영하
yeong ha | 名 零下 |

| 영화
yeong hwa | 名 電影 |

| 옆
yeop | 名 旁邊 |

| 예쁘다
ye ppeu da | 形 漂亮 |

變化 예쁜, 예뻐요, 예뻤어요, 예쁩니다

例 그녀는 정말 예뻐요.
geu nyeo neun jeong mal ye ppeo yo
她真的很漂亮。

| 예순
ye sun | 數 六十 |

| 예약하다
ye ya ka da | 動 預約／訂（票） |

變化 예약해요, 예약했어요, 예약할 거예요, 예약합니다

例 손님, 예약하셨어요?
son nim ye ya ka syeo sseo yo
客人，您預約了嗎？

| 옛날
yen nal | 名 昔日／以前 |

| 오
o | 數 五 |

track 跨頁共同導讀 065

오늘 o neul	名	今天

오다 o da	動	來

變化 와요, 왔어요, 올 거예요, 옵니다

例 오빠, 빨리 오세요.
o ppa ppal li o se yo
哥，快點來。

오래 o rae	副	好久／許久

오르다 o reu da	動	上去／上漲

變化 올라요, 올랐어요, 오를 거예요, 오릅니다

例 기름값이 많이 올랐어요.
gi reum gap ssi ma ni ol la sseo yo
油價上漲很多。

오른쪽 o reun jjok	名	右邊

오리 o ri	名	鴨子

오빠 o ppa	名	哥哥（妹妹稱呼哥哥）

오월 o wol	名	五月

066 **track**

오이 o i	名 黃瓜

오전 o jeon	名 上午

오징어 o jing eo	名 魷魚

오후 o hu	名 下午

올라가다 ol la ga da	動 上去

變化 올라가요, 올라갔어요, 올라갈 거예요, 올라갑니다

例 엘리베이터를 타고 5 층으로 올라가세요.
el li be i teo reul ta go o cheung eu ro ol la ga se yo
請搭電梯到五樓。

올려놓다 ol lyeo no ta	動 放上去／置於…上

變化 올려놓아요, 올려놓았어요, 올려놓을 거예요, 올려놓습니다

例 사진을 인터넷에 올려놓았어요.
sa ji neul in teo ne se ol lyeo no a sseo yo
把照片放在網路上了。

올해 ol hae	名 今年

track 跨頁共同導讀 066

옮기다 om gi da	動 搬／搬運

變化 옮겨요, 옮겼어요, 옮길 거예요, 옮깁니다

例 짐을 2 층으로 옮겨 주세요.
ji meul i cheung eu ro om gyeo ju se yo
請把行李搬到二樓。

옷 ot	名 衣服

와이셔츠 wa i syeo cheu	名 襯衫

왜 wae	副 為什麼

외국어 oe gu geo	名 外語

외국인 oe gu gin	名 外國人

외롭다 oe rop tta	形 孤單／孤獨

變化 외로운, 외로워요, 외로웠어요, 외롭습니다

例 친구가 없어서 참 외로워요.
chin gu ga eop sseo seo cham oe ro wo yo
我沒有朋友很孤單。

067 track

외할머니 oe hal meo ni	名	外婆
외할아버지 oe ha ra beo ji	名	外公
왼쪽 oen jjok	名	左邊
요금 yo geum	名	費用
요리 yo ri	名	菜／料理
요일 yo il	名	星期
요즘 yo jeum	副 名	最近／近來
우리 u ri	代	我們
우산 u san	名	雨傘
우선 u seon	副	首先／優先
우유 u yu	名	牛奶

track 跨頁共同導讀 067

우체국
u che guk
名 郵局

우표
u pyo
名 郵票

운동하다
un dong ha da
動 運動

變化 운동해요, 운동했어요, 운동할 거예요, 운동합니다

例 운동하러 공원에 가요.
un dong ha reo gong wo ne ga yo
去公園運動。

운전하다
un jeon ha da
動 駕駛／開車

變化 운전해요, 운전했어요, 운전할 거예요, 운전합니다

例 혹시 운전할 줄 아세요?
hok ssi un jeon hal jjul a se yo
你會開車嗎？

울다
ul da
動 哭

變化 울어요, 울었어요, 울 거예요, 웁니다

例 저 오늘 회사에서 울었어요.
jeo o neul hoe sa e seo u reo sseo yo
我今天在公司哭了。

울리다
ul li da
動 響

068 **track**

變化 울려요, 울렸어요, 울릴 거예요, 울립니다

例 내가 방에 들어가자마자 전화가 울렸어요.

nae ga bang e deu reo ga ja ma ja jeon hwa ga ul lyeo sseo yo

我一進房間，電話就響了。

움직이다 um ji gi da	動 動彈／動

變化 움직여요, 움직였어요, 움직일 거예요, 움직입니다

例 모두 움직이지 마!

mo du um ji gi ji ma

全都都不准動！

웃다 ut tta	動 笑

變化 웃어요, 웃었어요, 웃을 거예요, 웃습니다

例 오빠, 왜 그렇게 웃어요?

o ppa wae geu reo ke u seo yo

哥，你幹嘛那樣笑？

원피스 won pi seu	名 連身洋裝

원하다 won ha da	動 願／希望

變化 원해요, 원했어요, 원할 거예요, 원합니다

例 당신이 원하는 게 뭐예요?

dang si ni won ha neun ge mwo ye yo

你希望怎麼樣？

track 跨頁共同導讀 068

월 wol	依	（幾）月
월급 wol geup	名	月薪／工資
월요일 wo ryo il	名	星期一
위 wi	名	上／上面
위치 wi chi	名	位置
위험하다 wi heom ha da	形	危險

變化 위험한, 위험해요, 위험했어요, 위험합니다

例 위험하니까 여기서 수영하지 마세요.
wi heom ha ni kka yeo gi seo su yeong ha ji ma se yo
很危險不要在這裡游泳。

유럽 yu reop	名	歐洲
유명하다 yu myeong ha da	形	有名

069 **track**

變化 유명한, 유명해요, 유명했어요, 유명합니다

例 유명한 불고기 집 좀 추천해 주세요.
yu myeong han bul go gi jip jom chu cheon
hae ju se yo
請推薦有名的烤肉店給我。

유월 yu wol	名	六月
유학생 yu hak ssaeng	名	留學生
육 yuk	數	六
은행 eun haeng	名	銀行
음료수 eum nyo su	名	飲料
음식 eum sik	名	飲食
음악 eu mak	名	音樂
의미 ui mi	名	意味／意思
의사 ui sa	名	醫生

track 跨頁共同導讀 069

의자 ui ja	名 椅子

이 i	名 牙齒

이 i	冠代 這

이 i	數 二

이따가 i tta ga	副 待會

이런 i reon	冠 這樣的

이렇다 i reo ta	形 這樣

變化 이런, 이래요, 이랬어요, 이렇습니다

例 사실은 이렇습니다.

sa si reun i reo sseum ni da
事實是這樣的。

이름 i reum	名 名字

이메일 i me il	名 電子郵件

070 track

이모 i mo	名 阿姨／姨母

이사 i sa	名 搬家／遷移

이상하다 i sang ha da	形 奇怪／可疑

變化 이상한, 이상해요, 이상했어요, 이상합니다

例 저 아저씨 이상해요.
jeo a jeo ssi i sang hae yo
那位大叔很奇怪。

이야기하다 i ya gi ha da	動 談話／講述

이용하다 i yong ha da	動 利用

變化 이용해요, 이용했어요, 이용할 거예요, 이용합니다

例 출근할 때 대중교통을 이용하세요.
chul geun hal ttae dae jung gyo tong eul i yong ha se yo
去上班時，請搭乘大眾運輸。

이월 i wol	名 二月

이유 i yu	名 理由

track 跨頁共同導讀 070

이제 i je	副 名 現在／目前

이쪽 i jjok	名 代 這邊

이틀 i teul	名 兩天

이해하다 i hae ha da	動 理解／懂

變化 이해해요, 이해했어요, 이해할 거예요, 이해합니다

例 제 말 이해하시죠?
je mal i hae ha si jyo
你懂我說的意思吧？

인구 in gu	名 人口

인기 in gi	名 人氣

인사하다 in sa ha da	動 問候／打招呼

變化 인사해요, 인사했어요, 인사할 거예요, 인사합니다

例 두 분 서로 인사하세요.
du bun seo ro in sa ha se yo
兩位請互相打招呼。

071 track

인삼 in sam	名 人蔘
인상 in sang	名 印象
인터넷 in teo net	名 網路
인형 in hyeong	名 人形／娃娃
일 il	數 一
일곱 il gop	數 七
일기 il gi	名 日記
일기예보 il gi ye bo	名 天氣預報
일본어 il bo neo	名 日語
일어나다 i reo na da	動 起床／站起來

變化 일어나요, 일어났어요, 일어날 거예요, 일어납니다

track 跨頁共同導讀 071

例 어서 일어나세요.
eo seo i reo na se yo
請快點起床。

일요일 i ryo il	名	星期日
일월 i rwol	名	一月
일주일 il ju il	名	一週
일찍 il jjik	副	早／提早
일하다 il ha da	動	做事／工作

變化 일해요, 일했어요, 일할 거예요, 일합니다

例 어디서 일하세요?
eo di seo il ha se yo
你在哪裡工作？

일흔 il heun	數	七十
읽다 ik tta	動	念／讀

變化 읽어요, 읽었어요, 읽을 거예요, 읽습니다

 072 **track**

例 신문을 읽고 있어요.
sin mu neul il kko i sseo yo
正在看報紙。

잃다	
il ta	動 丟失／失去

變化 잃어요, 잃었어요, 잃을 거예요, 잃습니다

例 저 길을 잃었어요.
jeo gi reul i reo sseo yo
我迷路了。

입	
ip	名 嘴

입구	
ip kku	名 入口

입다	
ip tta	動 穿（衣服）

變化 입어요, 입었어요, 입을 거예요, 입습니다

例 아직 추우니까 외투를 입고 나가세요.
a jik chu u ni kka oe tu reul ip kko na ga se yo
還很冷穿件外套出門吧。

例 하얀 원피스를 입은 소녀는 누구예요?
ha yan won pi seu reul i beun so nyeo neun nu gu ye yo
穿著白色連身裙的少女是誰？

track 跨頁共同導讀 072

입원하다 i bwon ha da	動 住院

變化 입원해요, 입원했어요, 입원할 거예요, 입원합니다

例 병원에 입원한 적이 있어요.
byeong wo ne i bwon han jeo gi i sseo yo
我有住過院。

입학 i pak	名 入學

있다 it tta	動 形 有/在

變化 1. 있어요, 있었어요, 있을 거예요, 있습니다
2. 있는, 있어요, 있었어요, 있습니다

例 이 근처에 기차 역이 있습니까?
i geun cheo e gi cha yeo gi it sseum ni kka
這附近有火車站嗎?

例 학생들이 운동장에 있습니다.
hak ssaeng deu ri un dong jang e it sseum ni da
學生們在運動場。

例 방 안에 침대하고 책상이 있어요.
bang a ne chim dae ha go chaek ssang i i sseo yo
房間裡有床和書桌。

例 가장 남쪽에 있는 섬 이름이 무엇입니까?
ga jang nam jjo ge in neun seom i reu mi mu eo sim ni kka
位於最南邊的島嶼名字是什麼?

073 **track**

잊다 it tta	動 忘記

變化 잊어요, 잊었어요, 잊을 거예요, 잊습니다

例 저를 잊지 마세요.
jeo reul it jji ma se yo
不要忘了我。

例 약속을 잊어서 정말 죄송합니다.
yak sso geul i jeo seo jeong mal jjoe song ham ni da
忘了與你的約定，真的很抱歉。

初級單字 ㅈ

| 자기 ja gi | 代 名 自己 |

| 자다 ja da | 動 睡覺 |

變化 자요, 잤어요, 잘 거예요, 잡니다

例 내 방에서 자지 마.
nae bang e seo ja ji ma
別在我房間睡覺。

| 자동차 ja dong cha | 名 汽車 |

| 자료 ja ryo | 名 資料 |

| 자르다 ja reu da | 動 切斷／剪 |

變化 잘라요, 잘랐어요, 자를 거예요, 자릅니다

例 머리를 짧게 자르고 싶어요.
meo ri reul jjap kke ja reu go si peo yo
想把頭髮剪短。

| 자리 ja ri | 名 座位 |

074 **track**

자신 ja sin	名 自己
자연 ja yeon	名 自然
자유 ja yu	名 自由
자전거 ja jeon geo	名 腳踏車
자주 ja ju	副 常常／時常
작년 jang nyeon	名 去年
작다 jak tta	形 小／（個子）矮

變化 작은, 작아요, 작았어요, 작습니다

例 잘생겼지만 키가 작아요.
jal ssaeng gyeot jji man ki ga ja ga yo
雖然長得帥但很矮。

잘 jal	副 好好地／很會
잘못 jal mot	副 名 錯／不對

track 跨頁共同導讀 074

잘생기다
jal ssaeng gi da　　動　長得好看／帥

變化　잘생긴, 잘생겨요, 잘생겼어요, 잘생깁니다

例 그 잘생긴 남자는 누구야?
geu jal ssaeng gin nam ja neun nu gu ya
那個長得很帥的男生是誰啊?

잘하다
jal ha tta　　動　做的好／擅長

變化　잘해요, 잘했어요, 잘할 거예요, 잘합니다

例 어떤 요리 잘 하세요?
eo tteon yo ri jal ha se yo
你擅長做什麼菜?

잠깐
jam kkan　　名 副　一會兒

잠시
jam si　　副 名　暫時

잡다
jap tta　　動　抓／握／掌握

變化　잡아요, 잡았어요, 잡을 거예요, 잡습니다

例 경찰이 도둑을 잡았어요.
gyeong cha ri do du geul jja ba sseo yo
警察抓到小偷了。

075 **track**

잡지 jap jji	名 雜誌
장 jang	量 依 ～張
장갑 jang gap	名 手套
장마 jang ma	名 梅雨
장미 jang mi	名 玫瑰
장소 jang so	名 場所／地方
장점 jang jeom	名 長處／優點
재료 jae ryo	名 材料
재미있다 jae mi it tta	形 好玩／有趣

變化 재미있는, 재미있어요, 재미있었어요, 재미있습니다

例 어제 본 영화는 아주 재미있었어요.
eo je bon yeong hwa neun a ju jae mi i sseo sseo yo
昨天看得電影很好看。

track 跨頁共同導讀 075

저 jeo	代 我
저 jeo	冠代 那
저거 jeo geo	代 那個
저기 jeo gi	代 那裡
저녁 jeo nyeok	名 晚上／晚餐
저쪽 jeo jjok	代 那邊
저희 jeo hi	代 我們
적다 jeok tta	形 少

變化 적은, 적어요, 적었어요, 적습니다

例 이 학교의 학생 수는 매우 적어요.

i hak kkyo ui hak ssaeng su neun mae u jeo geo yo
這間學校的學生人數很少。

적다 jeok tta	動 抄寫／紀錄

變化 적어요, 적었어요, 적을 거예요, 적습니다

076 track

例 제 주소를 꽁책에 적어 주세요.
je ju so reul kkong chae ge jeo geo ju se yo
請把我的地址抄在筆記本上。

전하다 jeon ha da	動 傳達／轉達／傳遞

變化 전해요, 전했어요, 전할 거예요, 전합니다

例 당신 부모님께 안부 전해 주세요.
dang sin bu mo nim kke an bu jeon hae ju se yo
請代我向你父母親問好。

전혀 jeon hyeo	副 全然／完全

전화 jeon hwa	名 電話

전화번호 jeon hwa beon ho	名 電話號碼

절 jeol	名 寺／廟

젊다 jeom da	形 年輕

變化 젊은, 젊어요, 젊었어요, 젊습니다

例 정말 젊어 보이시네요.
jeong mal jjeol meo bo i si ne yo
您看起來真年輕。

점수 jeom su	名	分數

점심 jeom sim	名	中午／午飯

점원 jeo mwon	名	店員

젓가락 jeot kka rak	名	筷子

정거장 jeong geo jang	名	（火車／公車）站／車站

정도 jeong do	名	程度

정류장 jeong nyu jang	名	（公車）站／車站

정리하다 jeong ni ha da	動	整理／整頓

變化 정리해요, 정리했어요, 정리할 거예요, 정리합니다

例 여기 있는 물건들을 잘 정리해 주세요.
yeo gi in neun mul geon deu reul jjal jjeong ni hae ju se yo
請把這裡的物品整理好。

정말 jeong mal	副	真的

077 track

정문 jeong mun	名	正門

정보 jeong bo	名	情報／信息

정하다 jeong ha da	動	決定

變化 정해요, 정했어요, 정할 거예요, 정합니다

例 장소는 제가 정했어요.
jang so neun je ga jeong hae sseo yo
場所我決定好了。

제목 je mok	名	題目

제일 je il	副	最／第一

조금 jo geum	副 名	稍微／一點

조심하다 jo sim ha da	動	小心／謹慎

變化 조심해요, 조심했어요, 조심할 거예요, 조심합니다

例 조심해서 가세요.
jo sim hae seo ga se yo
請小心慢走。

track 跨頁共同導讀 077

조용하다
jo yong ha da

形 安靜／平靜

變化 조용한, 조용해요, 조용했어요, 조용합니다

例 여기는 왜 그렇게 조용해요?

yeo gi neun wae geu reo ke jo yong hae yo

這裡為什麼那麼安靜？

조카
jo ka

名 侄子／侄女

졸업하다
jo reo pa da

動 畢業

變化 졸업해요, 졸업했어요, 졸업할 거예요, 졸업합니다

例 저는 다음 달에 졸업할 겁니다.

jeo neun da eum da re jo reo pal kkeom ni da

我下個月就畢業了。

좀
jom

副 稍微／有點

좁다
jop tta

形 窄小／狹窄

變化 좁은, 좁아요, 좁았어요, 좁습니다

例 나 이런 좁은 곳에서 살고 있어요.

na i reon jo beun go se seo sal kko i sseo yo

我住在這種狹小的地方。

078 **track**

종류 jong nyu	名	種類

종이 jong i	名	紙

종일 jong il	名	終日／整天

좋다 jo ta	形	好／喜歡

變化 좋은, 좋아요, 좋았어요, 좋습니다

例 나는 단 것이 좋아요.
na neun dan geo si jo a yo
我喜歡甜食。

좋아하다 jo a ha da	動	愛／喜歡

變化 좋아해요, 좋아했어요, 좋아할 거예요, 좋아합니다

例 뭘 좋아하세요?
mwol jo a ha se yo
你喜歡什麼？

죄송하다 joe song ha da	形	抱歉／對不起

變化 죄송한, 죄송해요, 죄송했어요, 죄송합니다

例 죄송하지만 다시 한번 봐 주세요.
joe song ha ji man da si han beon bwa ju se yo
對不起，再原諒我一次吧。

track 跨頁共同導讀 078

주 ju	名 週

주다 ju da	動 給／送／給予

變化 줘요, 줬어요, 줄 거예요, 줍니다

例 친구한테 생일 선물을 주었어요.
chin gu han te saeng il seon mu reul jju eo
sseo yo
給了朋友生日禮物。

주로 ju ro	副 主要地

주말 ju mal	名 週末

주머니 ju meo ni	名 口袋／荷包

주무시다 ju mu si da	動 睡覺（자다的敬語）

變化 주무세요, 주무셨어요, 주무실 거예요, 주무십니다

例 안녕히 주무세요.
an nyeong hi ju mu se yo
晚安。

주문하다 ju mun ha da	動 訂購／點餐

079 **track**

變化 주문해요, 주문했어요, 주문할 거예요, 주문합니다

例 지금 주문해도 되나요?
ji geum ju mun hae do doe na yo
現在可以點餐了嗎？

주변 ju byeon	名	周邊／周圍
주소 ju so	名	地址
주스 ju seu	名	果汁
주위 ju wi	名	周圍
주인 ju in	名	主人／老闆
주차장 ju cha jang	名	停車場
죽 juk	名	粥
죽다 juk tta	動	死

變化 죽어요, 죽었어요, 죽을 거예요, 죽습니다

例 병으로 죽었어요.
byeong eu ro ju geo sseo yo
因病身亡了。

track 跨頁共同導讀 079

준비하다
jun bi ha da　　　動　準備

變化 준비해요, 준비했어요, 준비할 거예요, 준비합니다

例 저녁 식사를 잘 준비하세요.
jeo nyeok ssik ssa reul jjal jjun bi ha se yo
請好好準備晚餐。

줄다
jul da　　　動　縮小／減少

變化 줄어요, 줄었어요, 줄 거예요, 줍니다

例 그의 체중이 많이 줄었다.
geu ui che jung i ma ni ju reot tta
他的體重減輕很多。

중
jung　　　名　中／中間

중국
jung guk　　　名　中國

중심
jung sim　　　名　中心

중요하다
jung yo ha da　　　形　重要

變化 중요한, 중요해요, 중요했어요, 중요합니다

例 건강이 제일 중요합니다.
geon gang i je il jung yo ham ni da
健康最重要。

080 **track**

중학교
jung hak kkyo　　名　國中

중학생
jung hak ssaeng　　名　國中生

즐겁다
jeul kkeop tta　　形　高興／愉快

變化 즐거운, 즐거워요, 즐거웠어요, 즐겁습니다

例 오늘 아주 즐거웠어요!
o neul a ju jeul kkeo wo sseo yo
今天我很開心。

즐기다
jeul kki da　　動　享受／歡度／喜愛

變化 즐겨요, 즐겼어요, 즐길 거예요, 즐깁니다

例 연휴 잘 즐기세요.
yeon hyu jal jjeul kki se yo
好好享受連假吧。

증세
jeung se　　名　病情／症狀

지갑
ji gap　　名　錢包

지금
ji geum　　副 名　現在

track 跨頁共同導讀 080

지나다

ji na da　　　　　　　動　經過／過去

變化 지나요, 지났어요, 지날 거예요, 지납니다

例 시간이 지나도 잊혀지지 않네요.
si ga ni ji na do i chyeo ji ji an ne yo
時間久了也忘不了。

지난번

ji nan beon　　　　　　名　上次

지내다

ji nae da　　　　　　　動　度過／過（日子）

變化 지내요, 지냈어요, 지낼 거예요, 지냅니다

例 저는 잘 지내고 있어요.
jeo neun jal jji nae go i sseo yo
我過得很好。

지도

ji do　　　　　　　　　名　地圖

지방

ji bang　　　　　　　　名　地方／地區

지키다

ji ki da　　　　　　　　動　遵守（約定）／守護

變化 지켜요, 지켰어요, 지킬 거예요, 지킵니다

例 약속을 잘 지키세요.
yak sso geul jjal jji ki se yo
請你守約。

081 **track**

지하도 ji ha do	名	地下道
지하철 ji ha cheol	名	地鐵
직업 ji geop	名	職業
직원 ji gwon	名	職員
직장 jik jjang	名	職場／工作崗位
직접 jik jjeop	副	直接
질 jil	名	品質
질문하다 jil mun ha da	動	詢問／提問

變化 질문해요, 질문했어요, 질문할 거예요, 질문합니다

例 그 분에게 직접 질문하세요!

geu bu ne ge jik jjeop jil mun ha se yo

請你直接問他。

짐 jim	名	行李

track 跨頁共同導讀 081

집
jip 　　　　　　名 家／房屋

짓다
jit tta 　　　　　　動 蓋（房子）

變化 지어요, 지었어요, 지을 거예요, 짓습니다

例 우리 집 근처에 큰 빌딩을 짓고 있어요.
u ri jip geun cheo e keun bil ding eul jjit kko i sseo yo
我們家附近正在蓋大樓。

짜다
jja da 　　　　　　形 鹹

變化 짠, 짜요, 짰어요, 짭니다

例 음식을 만들었는데 너무 짜요.
eum si geul man deu reon neun de neo mu jja yo
我做了菜，可是太鹹了。

짧다
jjal tta 　　　　　　形 短

變化 짧은, 짧아요, 짧았어요, 짧습니다

例 오늘 짧은 치마를 샀어요.
o neul jjal beun chi ma reul ssa sseo yo
今天我買了短裙。

쪽
jjok 　　　　　　依 ～頁

082 **track**

쯤 jjeum	接	左右／程度
찍다 jjik tta	動	蓋（章）／拍（照）

變化 찍어요, 찍었어요, 찍을 거예요, 찍습니다

例 사진 좀 찍어주시겠어요?

sa jin jom jji geo ju si ge sseo yo

可以幫我拍張照嗎？

初級單字　　　ㅊ

차
cha　　　　　　　名　車／茶

차갑다
cha gap tta　　　形　涼／冷／冰

變化 차가운, 차가워요, 차가웠어요, 차갑습니다

例 물이 너무 차가워요.
mu ri neo mu cha ga wo yo
水太冰了。

차리다
cha ri da　　　　動　準備 (飯菜)／置辦 (宴席)

變化 차려요, 차렸어요, 차릴 거예요, 차립니다

例 어머니는 주방에서 음식을 차리고 있다.
eo meo ni neun ju bang e seo eum si geul cha ri go it tta
媽媽在廚房準備吃的。

착하다
cha ka da　　　　形　善良

變化 착한, 착해요, 착했어요, 착합니다

例 제 친구는 참 착해요.
je chin gu neun cham cha kae yo
我的朋友真善良。

 083 **track**

창문		
chang mun	名	窗戶

찾다		
chat tta	動	找／尋找

變化 찾아요, 찾았어요, 찾을 거예요, 찾습니다

例 그는 돈을 찾으러 은행에 갔다.

geu neun do neul cha jeu reo eun haeng e gat tta
他去銀行領錢了。

찾아가다		
cha ja ga da	動	去訪問／拜訪

變化 찾아가요, 찾아갔어요, 찾아갈 거예요, 찾아갑니다

例 내일 찾아갈게요. 내일 봐요.

nae il cha ja gal kke yo nae il bwa yo
我明天去拜訪你，明天見。

채소		
chae so	名	蔬菜

책		
chaek	名	書／書籍

처음		
cheo eum	副 名	初次／第一次

천		
cheon	數	千

천천히

cheon cheon hi　　副　慢慢地

철

cheol　　名　季節

첫

cheot　　接冠　第一次

첫째

cheot jjae　　名　第一

청소하다

cheong so ha da　　動　打掃

變化　청소해요, 청소했어요, 청소할 거예요, 청소합니다

例　방을 얼마나 자주 청소하세요?
bang eul eol ma na ja ju cheong so ha se yo
你多久打掃一次房間呢？

초대하다

cho dae ha da　　動　招待／邀請

變化　초대해요, 초대했어요, 초대할 거예요, 초대합니다

例　오늘 집에 친구를 초대했어요.
o neul jji be chin gu reul cho dae hae sseo yo
今天招待朋友來家裡。

초등학교

cho deung hak kkyo　　名　小學

084 **track**

초등학생
cho deung hak ssaeng 名 小學生

초콜릿
cho kol lit 名 巧克力

촬영하다
chwa ryeong ha da 動 攝影

變化 촬영해요, 촬영했어요, 촬영할 거예요, 촬영합니다

例 여기서 촬영하면 안 돼요.
yeo gi seo chwa ryeong ha myeon an dwae yo
這裡不可以攝影。

추다
chu da 動 跳（舞）

變化 춰요, 췄어요, 출 거예요, 춥니다

例 나랑 같이 춤을 추자.
na rang ga chi chu meul chu ja
和我一起跳舞吧。

추석
chu seok 名 中秋

추억
chu eok 名 回憶／回想

축구
chuk kku 名 足球

track 跨頁共同導讀 084

축제
chuk jje | 名 | 慶典

축하하다
chu ka ha da | 動 | 祝賀／恭喜

變化 축하해요, 축하했어요, 축하할 거예요, 축하합니다

例 결혼을 축하해요.
gyeol ho neul chu ka hae yo
恭喜你結婚。

출구
chul gu | 名 | 出口

출근하다
chul geun ha da | 動 | 上班

變化 출근해요, 출근했어요, 출근할 거예요, 출근합니다

例 몇 시에 출근하십니까?
myeot si e chul geun ha sim ni kka
你幾點上班？

출발하다
chul bal ha tta | 動 | 出發

變化 출발해요, 출발했어요, 출발할 거예요, 출발합니다

例 이제 출발합시다.
i je chul bal hap ssi da
我們現在出發吧。

085 `track`

출장 chul jang	名	出差

춤 chum	名	舞蹈

춥다 chup tta	形	冷

變化 추운, 추워요, 추웠어요, 춥습니다

例 오늘 날씨 너무 추워요.

o neul nal ssi neo mu chu wo yo

今天的天氣很冷。

취미 chwi mi	名	興趣／愛好

취소하다 chwi so ha da	動	取消／廢除

變化 취소해요, 취소했어요, 취소할 거예요, 취소합니다

例 우리 계약을 취소합시다.

u ri gye ya geul chwi so hap ssi da

我們取消契約吧。

취직하다 chwi ji ka da	動	就業／就職

變化 취직해요, 취직했어요, 취직할 거예요, 취직합니다

例 저 드디어 취직했어요.

jeo deu di eo chwi ji kae sseo yo

我終於就業了。

track 跨頁共同導讀 085

치과
chi gwa　　　　　名　牙科

치다
chi da　　　　　動　打（球）／拍（手）

變化 쳐요, 쳤어요, 칠 거예요, 칩니다

例 이번 주말에 테니스를 치러 갈까요?
i beon ju ma re te ni seu reul chi reo gal kka yo
這個週末一起去打網球，好嗎？

치료하다
chi ryo ha da　　　　　動　治療

變化 치료해요, 치료했어요, 치료할 거예요, 치료합니다

例 상처를 치료하고 있어요.
sang cheo reul chi ryo ha go i sseo yo
正在治療傷口。

치마
chi ma　　　　　名　裙子

치약
chi yak　　　　　名　牙膏

친구
chin gu　　　　　名　朋友

친절하다
chin jeol ha da　　　　　形　親切

變化 친절한, 친절해요, 친절했어요, 친절합니다

086 **track**

例 정말 친절하시네요.
jeong mal chin jeol ha si ne yo
你很親切呢！

친척
chin cheok　　名　親戚

친하다
chin ha da　　形　親近／關係要好

變化 친한, 친해요, 친했어요, 친합니다

例 그는 내 친한 친구의 남자친구다.
geu neun nae chin han chin gu ui nam ja chin gu da
他是我好朋友的男朋友。

칠
chil　　數　七

칠월
chi rwol　　名　七月

침대
chim dae　　名　床

初級單字 ㅋ

카드 ka deu	名	卡片／賀卡
카레 ka re	名	咖哩
카메라 ka me ra	名	照相機
카페 ka pe	名	咖啡廳
칼 kal	名	刀子
커피 keo pi	名	咖啡
컴퓨터 keom pyu teo	名	電腦
컵 keop	名	杯子
케이크 ke i keu	名	蛋糕
켜다 kyeo da	動	開（燈／電視）

087 track

變化 켜요, 켰어요, 켤 거예요, 켭니다

例 불 좀 켜 주세요.

bul jom kyeo ju se yo
請幫我開燈。

코 ko	名	鼻子
코트 ko teu	名	外套／大衣
코피 ko pi	名	鼻血
콜라 kol la	名	可樂
콧물 kon mul	名	鼻涕
콩 kong	名	大豆／黃豆
크기 keu gi	名	大小
크다 keu da	形	大

變化 큰, 커요, 컸어요, 큽니다

例 저기 큰 나무가 있습니다.

jeo gi keun na mu ga it sseum ni da
那裡有顆大樹。

track 跨頁共同導讀 087

크리스마스
keu ri seu ma seu　　名　聖誕節

큰아버지
keu na beo ji　　名　伯父

큰어머니
keu neo meo ni　　名　伯母

키
ki　　名　個子／身高

킬로그램
kil lo geu raem　　名 依　公斤

킬로미터
kil lo mi teo　　名 依　公里

088 **track**

ㅌ

타다
ta da　　　動　搭乘／坐（車）

變化 타요, 탔어요, 탈 거예요, 탑니다

例 저는 회사에 자주 버스를 타고 출근해요
jeo neun hoe sa e ja ju beo seu reul ta go chul geun hae yo
我經常搭公車去上班。

탁구
tak kku　　　名　桌球／乒乓球

태어나다
tae eo na da　　　動　出生

變化 태어나요, 태어났어요, 태어날 거예요, 태어납니다

例 저는 대만에서 태어났어요.
jeo neun dae ma ne seo tae eo na sseo yo
我在台灣出生的。

태풍
tae pung　　　名　颱風

택시
taek ssi　　　名　計程車

테니스
te ni seu　　　名　網球

track 跨頁共同導讀 088

테이블
te i beul   名 桌子

텔레비전
tel le bi jeon   名 電視

토마토
to ma to   名 蕃茄

토요일
to yo il   名 星期六

퇴근하다
toe geun ha da   動 下班

變化 퇴근해요, 퇴근했어요, 퇴근할 거예요, 퇴근합니다

例 전 이제 퇴근해요.
jeon i je toe geun hae yo
我現在下班了。

특별히
teuk ppyeol hi   副 特別地

틀다
teul tta   動 扭／打開（電器）

變化 틀어요, 틀었어요, 틀 거예요, 틉니다

例 오늘은 선풍기를 안 틀어요?
o neu reun seon pung gi reul an teu reo yo
今天不開電風扇嗎？

089 **track**

틀리다
teul li da　　　　　動　錯／不對

變化 틀려요, 틀렸어요, 틀릴 거예요, 틀립니다

例 이 교과서가 틀렸어요!
i gyo gwa seo ga teul lyeo sseo yo
這本教科書寫錯了。

例 틀린 것을 교정하다.
teul lin geo seul kkyo jeong ha da
改正錯誤的地方。

例 이 문제는 어려워서 틀리기 쉬어요.
i mun je neun eo ryeo wo seo teul li gi swi eo yo
這個問題很難，容易寫錯。

티셔츠
ti syeo cheu　　　　　名　T恤

팀
tim　　　　　名　隊／組

初級單字 ㅍ

파 pa	名	蔥
파란색 pa ran saek	名	藍色
파티 pa ti	名	派對
팔 pal	名	手臂／胳膊
팔 pal	數	八
팔다 pal tta	動	賣／出售

變化 팔아요, 팔았어요, 팔 거예요, 팝니다

例 여기 가방을 팝니까?
yeo gi ga bang eul pam ni kka
這裡有賣包包嗎？

팔월 pa rwol	名	八月
편지 pyeon ji	名	信／書信

090 `track`

편하다
pyeon ha da　　　　　形　方便／便利／舒服

變化 편한, 편해요, 편했어요, 편합니다

例 여기 교통이 아주 편합니다.
yeo gi gyo tong i a ju pyeon ham ni da
這裡的交通很便利。

평일
pyeong il　　　　　名　平日

포도
po do　　　　　名　葡萄

포장하다
po jang ha da　　　　　動　包裝

變化 포장해요, 포장했어요, 포장할 거예요, 포장합니다

例 따로따로 포장해 주세요.
tta ro tta ro po jang hae ju se yo
請幫我分開包裝。

표
pyo　　　　　名　票

풀다
pul da　　　　　動　解開

變化 풀어요, 풀었어요, 풀 거예요, 풉니다

例 시험 문제는 다 풀었어요?
si heom mun je neun da pu reo sseo yo
考試的問題都解開了嗎？

track 跨頁共同導讀 090

프로그램

peu ro geu raem　　　名　節目

피곤하다

pi gon ha da　　　形　疲累／累

變化 피곤한, 피곤해요, 피곤했어요, 피곤합니다

例 피곤하시면 좀 쉬세요.

pi gon ha si myeon jom swi se yo
您累了的話，就休息一下吧。

피다

pi da　　　動　開（花）

變化 펴요, 폈어요, 필 거예요, 핍니다

例 경주에 벗꽃이 활짝 피었어요.

gyeong ju e beot kko chi hwal jjak pi eo sseo yo
慶州的櫻花盛開了。

피아노

pi a no　　　名　鋼琴

피우다

pi u da　　　動　抽（菸）

變化 피워요, 피웠어요, 피울 거예요, 피웁니다

例 절대 담배를 피우지 마세요.

jeol dae dam bae reul pi u ji ma se yo
絕對不要抽菸。

091 **track**

피자		
pi ja	名	披薩

필요하다		
pi ryo ha da	形	需要／必需

變化 필요한, 필요해요, 필요했어요, 필요합니다

例 도움이 필요하세요?

do u mi pi ryo ha se yo

你需要幫忙嗎？

例 필요한 거 있으면 뭐든지 말씀하세요.

pi ryo han geo i sseu myeon mwo deun ji mal sseum ha se yo

如果您有什麼需要，請儘管跟我說。

例 한국에 입국하려면 뭐가 필요해요?

han gu ge ip kku ka ryeo myeon mwo ga pi ryo hae yo

入境韓國需要什麼東西呢？

track 跨頁共同導讀 091

初級單字 ㅎ

하나
ha na
數 一

하늘
ha neul
名 天空

하다
ha da
動 做／辦

變化 해요, 했어요, 할 거예요, 합니다

例 내일 뭐 할 겁니까?
nae il mwo hal kkeom ni kka
您明天要做什麼？

하루
ha ru
名 一天

하숙집
ha suk jjip
名 寄宿家庭

하얀색
ha yan saek
名 白色

하지만
ha ji man
副 可是

학교
hak kkyo
名 學校

092 track

학생 hak ssaeng	名	學生
학원 ha gwon	名	學院／補習班
한 han	冠	一／一個 (後面接量詞)
한국 han guk	名	韓國
한국어 han gu geo	名	韓國語
한글 han geul	名	韓國文字
한복 han bok	名	韓服
한자 han ja	名	漢字
할머니 hal meo ni	名	奶奶
할아버지 ha ra beo ji	名	爺爺
함께 ham kke	副	一起

track 跨頁共同導讀 092

합격
hap kkyeok　　　名　合格

항상
hang sang　　　副　經常／總是

해
hae　　　名　太陽

해외
hae oe　　　名　海外

핸드폰
haen deu pon　　　名　手機

햄버거
haem beo geo　　　名　漢堡

행복하다
haeng bo ka da　　　形　幸福

變化 행복한, 행복해요, 행복했어요, 행복합니다

例 꼭 행복하길 바랍니다.
kkok haeng bo ka gil ba ram ni da
祝你幸福。

행사
haeng sa　　　名　活動／典禮

허리
heo ri　　　名　腰

093 **track**

현금 hyeon geum	名	現金
현재 hyeon jae	名	現在
형 hyeong	名	哥哥(弟弟稱呼哥哥)
형제 hyeong je	名	兄弟／兄弟姊妹
호랑이 ho rang i	名	老虎
호텔 ho tel	名	酒店／飯店
혼자 hon ja	名 副	獨自／單獨
화가 hwa ga	名	畫家
화나다 hwa na da	動	生氣

變化 화나요, 화났어요, 화날 거예요, 화납니다

例 왜 나한테 화났어요?
wae na han te hwa na sseo yo
你為什麼對我生氣？

화요일
hwa yo il　　　　　名　星期二

화장실
hwa jang sil　　　　名　化妝室

화장품
hwa jang pum　　　　名　化妝品

확인하다
hwa gin ha da　　　　動　確認

變化 확인해요, 확인했어요, 확인할 거예요, 확인합니다

例 화장품 사용기간 꼭 확인하세요.
hwa jang pum sa yong gi gan kkok hwa gin ha se yo
請務必確認化妝品的使用期限。

환영하다
hwa nyeong ha da　　　動　歡迎

變化 환영해요, 환영했어요, 환영할 거예요, 환영합니다

例 저희 호텔에 오신 것을 환영합니다.
jeo hi ho te re o sin geo seul hwa nyeong ham ni da
歡迎您來我們飯店。

환자
hwan ja　　　　　　名　患者／病人

회사
hoe sa　　　　　　　名　公司

094 track

회의 hoe ui	名	會議
횡단보도 hoeng dan bo do	名	行人穿越道
후 hu	名	後／以後
후배 hu bae	名	後輩／晚輩
휴가 hyu ga	名	休假
휴일 hyu il	名	公休日／休息日
휴지 hyu ji	名	衛生紙
흐리다 heu ri da	形	(天氣)陰／(水)混濁

變化 흐린, 흐려요, 흐렸어요, 흐립니다

例 오늘 날씨가 많이 흐려요.

o neul nal ssi kka ma ni heu ryeo yo

今天的天氣很陰。

| 흰색
hin saek | 名 | 白色 |

track 跨頁共同導讀 094

힘

him　　　　　　　名　力量／力氣

힘들다

him deul tta　　　　形　吃力／辛苦

變化 힘든, 힘들어요, 힘들었어요, 힘듭니다

例 많이 힘들었죠?

ma ni him deu reot jjyo

您很辛苦吧？

例 회사 일이 많아서 힘들어요.

hoe sa i ri ma na seo him deu reo yo

公司的工作很多很辛苦。

TOPIK中級詞彙

095 track

初級單字　　　　　　　ㄱ

가까워지다
ga kka wo ji da　　　動　變近／拉近

變化 가까워져요, 가까워졌어요, 가까워질 거예요,
가까워집니다

例 결혼할 날이 가까워지고 있습니다.
gyeol hon hal na ri ga kka wo ji go it sseum ni da
離結婚的日子越來越近了。

가꾸다
ga kku da　　　動　裝飾／打扮／種植

變化 가꿔요, 가꿨어요, 가꿀 거예요, 가꿉니다

例 밭에서 채소를 가꾸다.
ba te seo chae so reul kka kku da
在田裡種植蔬菜。

가난
ga nan　　　名　貧窮

가능하다
ga neung ha da　　　形　可能

變化 가능한, 가능해요, 가능했어요, 가능합니다

例 우주 공간으로 가는 것이 가능해요?
u ju gong ga neu ro ga neun geo si ga neung hae yo
到宇宙空間去是有可能的嗎？

track 跨頁共同導讀 095

가득 ga deuk	副 充滿地

가리다 ga ri da	動 遮住

變化 가려요, 가렸어요, 가릴 거예요, 가립니다

例 그녀는 부케로 자기 얼굴을 가렸어요.
geu nyeo neun bu ke ro ja gi eol gu reul kka ryeo sseo yo
她用婚禮花束遮住自己的臉。

가만히 ga man hi	副 悄悄地／靜靜地

가입하다 ga i pa da	動 加入

變化 가입해요, 가입했어요, 가입할 거예요, 가입합니다

例 저 오늘 회원 가입했어요.
jeo o neul hoe won ga i pae sseo yo
我今天加入會員了。

가정 ga jeong	名 家庭

가짜 ga jja	名 假的

가치 ga chi	名 價值

 096 **track**

각자 gak jja	名	各自

각종 gak jjong	名	各種

간격 gan gyeok	名	間隔／間距

간편하다 gan pyeon ha da	形	簡便／方便

變化 간편한, 간편해요, 간편했어요, 간편합니다

例 간편한 휴대폰을 사고 싶습니다.
gan pyeon han hyu dae po neul ssa go sip sseum ni da
我想買簡便一點的手機。

갈등 gal tteung	名	矛盾／分歧

감각 gam gak	名	感覺

감소되다 gam so doe da	動	減少

變化 감소돼요, 감소됐어요, 감소될 거예요, 감소됩니다

例 자동차 판매량이 큰폭으로 감소되었다.
ja dong cha pan mae ryang i keun po geu ro gam so doe eot tta
汽車銷售量大幅減少。

track 跨頁共同導讀 096

감정 gam jeong	名	感情

감추다 gam chu da	動	遮掩／掩藏

變化 감춰요, 감췄어요, 감출 거예요, 감춥니다

例 눈밑의 주름을 감추고 싶어요.
nun mi tui ju reu meul kkam chu go si peo yo
我想遮掩眼睛下面的皺紋。

강사 gang sa	名	講師／授課人

강하다 gang ha da	形	強大

變化 강한, 강해요, 강했어요, 강합니다

例 여름에는 햇볕이 매우 강합니다.
yeo reu me neun haet ppyeo chi mae u gang ham ni da
夏天的陽光很強。

갖추다 gat chu da	動	具備／完備

變化 갖춰요, 갖췄어요, 갖출 거예요, 갖춥니다

例 매우 좋은 조건을 갖추었습니다.
mae u jo eun jo geo neul kkat chu eot sseum ni da
具備了很好的條件。

097 track

개미
gae mi 名 螞蟻

개선하다
gae seon ha da 動 改善

變化 개선해요, 개선했어요, 개선할 거예요, 개선합니다

例 여드름 피부를 개선하고 싶어요.
yeo deu reum pi bu reul kkae seon ha go si peo yo
我想改善痘痘膚質。

거부하다
geo bu ha da 動 拒絕／抗拒

變化 거부해요, 거부했어요, 거부할 거예요, 거부합니다

例 죄송하지만 거부하겠습니다.
joe song ha ji man geo bu ha get sseum ni da
對不起，我拒絕。

거칠다
geo chil da 形 粗糙／粗魯

變化 거친, 거칠어요, 거칠었어요, 거칩니다

例 손이 겨울철이 되니 너무 거칠어요.
so ni gyeo ul cheo ri doe ni neo mu geo chi
reo yo
手一到了冬天就很粗糙。

거품
geo pum 名 泡沫

track 跨頁共同導讀 097

건립하다
geol li pa da   動 建立／設立

變化 건립해요, 건립했어요, 건립할 거예요, 건립합니다

例 박물관 하나를 건립했습니다.
bang mul gwan ha na reul kkeol li paet sseum ni da
建立了一間博物館。

건방지다
geon bang ji da   形 輕狂／傲慢

變化 건방진, 건방져요, 건방졌어요, 건방집니다

例 제 친구는 너무 건방집니다.
je chin gu neun neo mu geon bang jim ni da
我的朋友太傲慢了。

건조하다
geon jo ha da   形 乾燥

變化 건조한, 건조해요, 건조했어요, 건조합니다

例 요즘은 날씨가 매우 건조합니다.
yo jeu meun nal ssi kka mae u geon jo ham ni da
最近的天氣非常乾燥。

걸다
geol da   動 掛 (物品)／打 (電話)

變化 걸어요, 걸었어요, 걸 거예요, 겁니다

 098 **track**

例 전화를 잘못 거셨어요.
jeon hwa reul jjal mot geo syeo sseo yo
您打錯電話了。

검사하다 geom sa ha da	動 檢查

變化 검사해요, 검사했어요, 검사할 거예요, 검사합니다

例 꼼꼼히 검사하세요.
kkom kkom hi geom sa ha se yo
請你仔細檢查。

검정 geom jeong	名 黑／黑色

게다가 ge da ga	副 加上／而且

게으르다 ge eu reu da	形 懶惰

變化 게으른, 게을러요, 게을렀어요, 게으릅니다

例 나는 무척 게으른 사람이다.
na neun mu cheok ge eu reun sa ra mi da
我是非常懶惰的人。

겨우 gyeo u	副 勉強／好不容易

겪다 gyeok tta	動 經歷／經受

track 跨頁共同導讀 098

變化 겪어요, 겪었어요, 겪을 거예요, 겪습니다

例 방금 무서운 일을 겪었어요.
bang geum mu seo un i reul kkyeo kkeo sseo yo
我剛才經歷了可怕的事情。

견디다 gyeon di da	動 忍受／承受

變化 견뎌요, 견뎠어요, 견딜 거예요, 견딥니다

例 이젠 못 견디겠어요.
i jen mot gyeon di ge sseo yo
我再也無法忍受了。

결근 gyeol geun	名 缺勤

결론 gyeol lon	名 結論

결석하다 gyeol seo ka da	動 缺席

變化 결석해요, 결석했어요, 결석할 거예요, 결석합니다

例 그 학생은 오늘도 결석했어요.
geu hak ssaeng eun o neul tto gyeol seo kae sseo yo
那位學生今天也缺席了。

결점 gyeol jeom	名 缺點

099 `track`

| 겸손하다
gyeom son ha da | 形 | 謙虛 |

變化 겸손한, 겸손해요, 겸손했어요, 겸손합니다

例 우리는 늘 겸손해야 합니다.
u ri neun neul kkyeom son hae ya ham ni da
我們必須時常保持謙虛。

| 경비
gyeong bi | 名 | 經費 |

| 경영
gyeong yeong | 名 | 經營 |

| 경쟁
gyeong jaeng | 名 | 競爭 |

| 경제
gyeong je | 名 | 經濟 |

| 경향
gyeong hyang | 名 | 傾向 |

| 계곡
gye gok | 名 | 溪谷 |

| 계약
gye yak | 名 | 契約 |

| 고객
go gaek | 名 | 顧客 |

고난 go nan	名 苦難

고대 go dae	名 古代

고려하다 go ryeo ha da	動 考慮／顧慮

變化 고려해요, 고려했어요, 고려할 거예요, 고려합니다

例 상대방의 기분을 고려해 주세요.
sang dae bang ui gi bu neul kko ryeo hae ju
se yo
請顧慮對方的感受。

고백하다 go bae ka da	動 告白

變化 고백해요, 고백했어요, 고백할 거예요, 고백합니다

例 그녀에게 고백하기로 마음 먹었다.
geu nyeo e ge go bae ka gi ro ma eum meo geot tta
我下定決心要向她告白。

고생 go saeng	名 辛苦／艱難

고통 go tong	名 痛苦

곡 gok	名 曲子

100 **track**

곤란 gol lan	名	困難／艱難

골고루 gol go ru	副	均勻地／平均地

곰곰히 gom gom hi	副	仔細／認真地

공격하다 gong gyeo ka da	動	攻擊

變化 공격해요, 공격했어요, 공격할 거예요, 공격합니다

例 타인을 공격하지 마세요.
ta i neul kkong gyeo ka ji ma se yo
別攻擊別人。

공사 gong sa	名	施工

공손하다 gong son ha da	形	恭敬／謙遜

變化 공손한, 공손해요, 공손했어요, 공손합니다

例 나이 어린 사람에게도 공손해야 합니다.
na i eo rin sa ra me ge do gong son hae ya ham ni da
對年紀小的人也要謙遜。

공업 gong eop	名	工業

공예 gong ye	名 工藝
공장 gong jang	名 工廠
공짜 gong jja	名 免費
공포 gong po	名 恐怖
과로 gwa ro	名 過度疲勞
과연 gwa yeon	副 果然／果真
과정 gwa jeong	名 過程
과제 gwa je	名 課題
관념 gwan nyeom	名 觀念
관련 gwal lyeon	名 關聯
관리 gwal li	名 管理

101 track

| 관세
gwan se | 名 | 關稅 |

| 관점
gwan jeom | 名 | 觀點 |

| 관찰하다
gwan chal ha tta | 動 | 觀察 |

變化 관찰해요, 관찰했어요, 관찰할 거예요, 관찰합니다

例 아이들의 행동을 관찰하십시오.
a i deu rui haeng dong eul kkwan chal ha ssip ssi o
請觀察孩子們的行為。

| 괴롭다
goe rop tta | 形 | 難受／痛苦 |

變化 괴로운, 괴로워요, 괴로웠어요, 괴롭습니다

例 그녀 때문에 너무 괴롭습니다.
geu nyeo ttae mu ne neo mu goe rop sseum ni da
因為她，我很痛苦。

| 굉장히
goeng jang hi | 副 | 非常／特別地 |

| 교육
gyo yuk | 名 | 教育 |

| 교환하다
gyo hwan ha da | 動 | 交換 |

變化 교환해요, 교환했어요, 교환할 거예요, 교환합니다

track 跨頁共同導讀 101

例 달러를 한국돈으로 교환하고 싶어요.
dal leo reul han guk tto neu ro gyo hwan ha go si peo yo
我想把美金換成韓幣。

구급차 gu geup cha	名	急救車／救護車

구매하다 gu mae ha da	動	購買

變化 구매해요, 구매했어요, 구매할 거예요, 구매합니다

例 인터넷에서 물건을 구매할 때 조심해야 돼요.
in teo ne se seo mul geo neul kku mae hal ttae jo sim hae ya
dwae yo
在網路上買東西時要小心。

구별하다 gu byeol ha da	動	區別／分辨

變化 구별해요, 구별했어요, 구별할 거예요, 구별합니다

例 진품과 모조품을 어떻게 구별해요?
jin pum gwa mo jo pu meul eo tteo ke gu byeol hae yo
真品和仿冒品該如何區別？

구분하다 gu bun ha da	動	區分／劃分

變化 구분해요, 구분했어요, 구분할 거예요, 구분합니다

例 공과 사를 확실히 구분해야 합니다.
gong gwa sa reul hwak ssil hi gu bun hae ya ham ni da
公與私必須明確做區分。

 102 **track**

구역 gu yeok	名 區域
구입 gu ip	名 購買
구조 gu jo	名 結構／構造
구체적 gu che jeok	名 冠 具體的
국민 gung min	名 國民
국산 guk ssan	名 國產
국제적 guk jje jeok	名 冠 國際的
국토 guk to	名 國土
군대 gun dae	名 軍隊
굳다 gut tta	形 堅硬／堅定

變化 굳은, 굳어요, 굳었어요, 굳습니다

例 오늘 난 굳은 결심을 했다.

o neul nan gu deun gyeol si meul haet tta

今天我下了堅定的決心。

굴뚝 gul ttuk	名	煙囪

굵다 guk tta	形	粗／大

變化 굵은, 굵어요, 굵었어요, 굵습니다

例 내 종아리가 점점 굵어졌다.

nae jong a ri ga jeom jeom gul geo jeot tta

我的小腿漸漸變粗了。

굶다 gum da	動	餓肚子

變化 굶어요, 굶었어요, 굶을 거예요, 굶습니다

例 저 오늘 하루종일 굶었어요.

jeo o neul ha ru jong il gul meo sseo yo

我今天一整天都餓肚子。

궁금하다 gung geum ha da	形	好奇／想知道

變化 궁금한, 궁금해요, 궁금했어요, 궁금합니다

例 저 궁금한 게 있는데 물어도 되나요?

jeo gung geum han ge in neun de mu reo do doe na yo

我有件事很好奇，可以問嗎？

103 track

궁정 gung jeong	名 宮廷
권력 gwol lyeok	名 權利
권유하다 gwo nyu ha da	動 勸告／勸導

變化 권유해요, 권유했어요, 권유할 거예요, 권유합니다

例 환경을 위해서 자전거 타기를 권유합니다.
hwan gyeong eul wi hae seo ja jeon geo ta gi reul kkwo nyu
ham ni da
為了環境，勸導騎腳踏車。

귀국 gwi guk	名 歸國
규모 gyu mo	名 規模
규제하다 gyu je ha da	動 管制／限制／控制

變化 규제해요, 규제했어요, 규제할 거예요, 규제합니다

例 우리 나라는 농산품의 수입을 규제하고 있다.
u ri na ra neun nong san pu mui su i beul kkyu je ha go it tta
我國限制農產品的進口。

균형 gyun hyeong	名 均衡

그네 geu ne	名	秋千

그늘 geu neul	名	陰處／陰影

그다지 geu da ji	副	不太／不怎麼

그래프 geu rae peu	名	圖表

그림자 geu rim ja	名	影子

그만두다 geu man du da	動	停止／放棄

變化 그만둬요, 그만뒀어요, 그만둘 거예요, 그만둡니다

例 저는 회사를 그만두고 싶습니다.
　　jeo neun hoe sa reul kkeu man du go sip sseum ni da
　　我想辭職。

그저 geu jeo	副	只不過／只是

근무하다 geun mu ha da	動	工作

變化 근무해요, 근무했어요, 근무할 거예요, 근무합니다

例 어디서 근무하세요?
　　eo di seo geun mu ha se yo
　　您在哪裡工作？

104 `track`

금액 geu maek	名	金額
금지 geum ji	名	禁止
기대 gi dae	名	期待
기도 gi do	名	祈禱
기본 gi bon	名	基本
기상 gi sang	名	氣象
기업 gi eop	名	企業
길거리 gil geo ri	名	街道
길이 gi ri	名	長度
까다롭다 kka da rop tta	形	棘手／難辦

變化 까다로운, 까다로워요, 까다로웠어요, 까다롭습니다

track 跨頁共同導讀 104

例 미국 비자를 만드는 건 아주 까다롭다.

mi guk bi ja reul man deu neun geon a ju kka da rop tta
辦美國簽證很棘手。

까마귀 kka ma gwi	名	烏鴉
꼬리 kko ri	名	尾巴
꼼꼼히 kkom kkom hi	副	仔細地／周到地
끊다 kkeun ta	動	弄斷／斷絕

變化 끊어요, 끊었어요, 끊을 거예요, 끊습니다

例 이젠 담배를 끊으세요.

i jen dam bae reul kkeu neu se yo
現在請戒菸吧。

105 **track**

初級單字 ㄴ

나날이 na na ri	副	每天／日益

나들이 na deu ri	名	串門子／進出

나서다 na seo da	動	站出來

變化 나서요, 나섰어요, 나설 거예요, 나섭니다

例 같이 가고 싶으면 지금 당장 나서세요.
ga chi ga go si peu myeon ji geum dang jang na seo se yo
如果想一起去，請馬上站出來。

나아지다 na a ji da	動	好轉／好起來

變化 나아져요, 나아졌어요, 나아질 거예요, 나아집니다

例 감기가 좀 나아졌어요?
gam gi ga jom na a jeo sseo yo
感冒有好一點嗎？

낙엽 na gyeop	名	落葉

난방 nan bang	名	暖氣／暖房

track 跨頁共同導讀 105

날다
nal tta　　　　　　動 飛／飛翔

變化 날아요, 날았어요, 날 거예요, 납니다

例 새처럼 하늘을 날고 싶어요.
sae cheo reom ha neu reul nal kko si peo yo
我想像鳥一樣在天空飛翔。

날카롭다
nal ka rop tta　　　　形 尖銳／鋒利

變化 날카로운, 날카로워요, 날카로웠어요, 날카롭습니다

例 그의 말은 칼처럼 날카롭다.
geu ui ma reun kal cheo reom nal ka rop tta
他講得話和刀子一樣銳利。

낡다
nak tta　　　　　　　形 舊／老舊

變化 낡은, 낡아요, 낡았어요, 낡습니다

例 이 아파트는 생각보다 낡았습니다.
i a pa teu neun saeng gak ppo da nal gat
sseum ni da
這棟公寓比我想得還要老舊。

남북
nam buk　　　　　　　名 南北

납치하다
nap chi ha da　　　　動 綁架／挾持

106 **track**

變化 납치해요, 납치했어요, 납치할 거예요, 납치합니다

例 그 아이가 나쁜 사람에게 납치 당했어요.

geu a i ga na ppeun sa ra me ge nap chi dang hae sseo yo

那個小孩被壞人綁架了。

낫 nat	名	鐮刀

낭비하다 nang bi ha da	動	浪費

變化 낭비해요, 낭비했어요, 낭비할 거예요, 낭비합니다

例 시간을 낭비해서는 안 됩니다.

si ga neul nang bi hae seo neun an doem ni da

不可以浪費時間。

낯익다 na chik tta	形	面熟／熟悉

變化 낯익은, 낯익어요, 낯익었어요, 낯익습니다

例 그가 아주 낯익어 보이는데 이름이 기억나지 않는다.

geu ga a ju na chi geo bo i neun de i reu mi gi eong na ji an neun da

他看起來很面熟，但是想不起名字。

낳다 na ta	動	生產／生（孩子）

變化 낳아요, 낳았어요, 낳을 거예요, 낳습니다

track 跨頁共同導讀 106

例 딸 둘 낳았는데 아들이 없어요.

ttal ttul na an neun de a deu ri eop sseo yo

我生了兩個女兒，但是沒有兒子。

내내 nae nae	副 始終／永遠

냉정 naeng jeong	名 冷靜

너그럽다 neo geu reop tta	形 寬容／寬厚

變化 너그러운, 너그러워요, 너그러웠어요, 너그럽습니다

例 김 선생님은 너그러운 사람이에요.

gim seon saeng ni meun neo geu reo un sa ra mi e yo

金老師是很寬厚的人。

너르다 neo reu da	形 廣闊／寬廣

變化 너른, 널러요, 널렀어요, 너릅니다

例 이곳은 제법 너릅니다.

i go seun je beop neo reum ni da

這個地方相當寬廣。

넉넉히 neong neo ki	副 足夠／充足

널리 neol li	副 廣泛／遍及

107 **track**

넘나들다
neom na deul tta　　動　進進出出

變化 넘나들어요, 넘나들었어요, 넘나들 거예요, 넘나듭니다

例 여기에 넘나드는 사람들이 많다.
yeo gi e neom na deu neun sa ram deu ri man ta
在這裡進進出出的人很多。

노동력
no dong nyeok　　名　勞動力

노점
no jeom　　名　地攤／攤販

노트북
no teu buk　　名　筆記型電腦

논
non　　名　水田／稻田

논문
non mun　　名　論文

논의하다
no nui ha da　　動　議論／討論

變化 논의해요, 논의했어요, 논의할 거예요, 논의합니다

例 사장님과 급하게 논의할 게 있어요.
sa jang nim gwa geu pa ge no nui hal kke i sseo yo
我有事情要趕快和社長討論。

track 跨頁共同導讀 107

놀랍다
nol lap tta

形　驚人／出乎意料

變化 놀라운, 놀라워요, 놀라웠어요, 놀랍습니다

例 이건 참 놀라운 일이다.
i geon cham nol la un i ri da
這真是驚人的事情。

놈
nom

名　傢伙／壞蛋

농담
nong dam

名　玩笑話

농산물
nong san mul

名　農產品

놓치다
not chi da

動　錯失／失去

變化 놓쳐요, 놓쳤어요, 놓칠 거예요, 놓칩니다

例 저 막차를 놓쳤어요.
jeo mak cha reul not cheo sseo yo
我錯過最後一班車了。

눈길
nun kkil

名　目光／視線

눈동자
nun ttong ja

名　眼珠／眼球

108 **track**

눈부시다
nun bu si da ／ 形 耀眼／奪目

變化 눈부신, 눈부셔요, 눈부셨어요, 눈부십니다

例 오늘따라 유난히 햇빛이 눈부시다.
o neul tta ra yu nan hi haet ppi chi nun bu si da
今天陽光特別耀眼。

느닷없이
neu da deop ssi ／ 副 突然／忽然

늘리다
neul li da ／ 動 增加／提高

變化 늘려요, 늘렸어요, 늘릴 거예요, 늘립니다

例 회원의 인원수를 계속 늘리고 있습니다.
hoe wo nui i nwon su reul kkye sok neul li go it sseum ni da
會員的人數不斷增加。

늦잠
neut jjam ／ 名 懶覺／睡過頭

初級單字

ㄷ

다루다
da ru da　　動 操作／操縱

變化 다뤄요, 다뤘어요, 다룰 거예요, 다룹니다

例 이 기계를 다룰 줄 알아요?
i gi gye reul tta rul jul a ra yo
你會操作這台機器嗎？

다리미
da ri mi　　名 熨斗

다양하다
da yang ha da　　形 各式各樣

變化 다양한, 다양해요, 다양했어요, 다양합니다

例 여기서 다양한 스타일을 볼 수 있다.
yeo gi seo da yang han seu ta i reul ppol su it tta
在這裡可以看到各種款式。

다정하다
da jeong ha da　　形 熱情／親切

變化 다정한, 다정해요, 다정했어요, 다정합니다

例 오늘은 왜 이렇게 다정하나요?
o neu reun wae i reo ke da jeong ha na yo
你今天為什麼這麼熱情？

109 track

| 다큐멘터리
da kyu men teo ri | 名 | 記錄／實錄 |

| 다행히
da haeng hi | 副 | 幸好 |

| 단가
dan ga | 名 | 單價 |

| 단단하다
dan dan ha da | 形 | 堅固／堅硬 |

變化 단단한, 단단해요, 단단했어요, 단단합니다

例 이것은 다이아몬드처럼 단단합니다.
i geo seun da i a mon deu cheo reom dan dan ham ni da
這個和鑽石一樣堅硬。

| 단백질
dan baek jjil | 名 | 蛋白質 |

| 단순하다
dan sun ha da | 形 | 單純／簡單 |

變化 단순한, 단순해요, 단순했어요, 단순합니다

例 그녀는 조용하고 단순한 사람이야.
geu nyeo neun jo yong ha go dan sun han sa ra mi ya
她是安靜又單純的人。

| 단체
dan che | 名 | 團體 |

track 跨頁共同導讀 109

당분간 dang bun gan	副	暫且／臨時

당연하다 dang yeon ha da	形	理所當然／當然

變化 당연한, 당연해요, 당연했어요, 당연합니다

例 그게 당연한 거 아니에요?
geu ge dang yeon han geo a ni e yo
那不是理所當然的嗎？

당첨되다 dang cheom doe da	動	中獎

變化 당첨돼요, 당첨됐어요, 당첨될 거예요, 당첨됩니다

例 어제 산 복권이 당첨되었다.
eo je san bok kkwo ni dang cheom doe eot tta
昨天買的彩券中獎了。

당황하다 dang hwang ha da	形	慌張／徬徨

變化 당황한, 당황해요, 당황했어요, 당황합니다

例 차가 고장났을 때, 당황하지 마세요.
cha ga go jang na sseul ttae dang hwang ha ji ma se yo
車子故障時，請勿慌張。

대단히 dae dan hi	副	相當／非常

대리 dae ri	名 代理（職位）

대신하다 dae sin ha da	動 替代／代替

變化 대신해요, 대신했어요, 대신할 거예요, 대신합니다

例 저를 대신해 회의에 참석하세요.
jeo reul ttae sin hae hoe ui e cham seo ka se yo
請你代替我去開會。

대중 dae jung	名 大眾

대체로 dae che ro	副 大體／大致上

대표적 dae pyo jeok	名 冠 代表性

더더욱 deo deo uk	副 更／更加

던지다 deon ji da	動 丟／擲

變化 던져요, 던졌어요, 던질 거예요, 던집니다

例 공을 멀리 던지세요.
gong eul meol li deon ji se yo
請把球丟遠一點。

track 跨頁共同導讀 110

덜다
deol da
　　　　動　減少／削減

變化 덜어요, 덜었어요, 덜 거예요, 덥니다

例 이 약을 먹으면 통증을 덜 수 있어요.
i ya geul meo geu myeon tong jeung eul tteol su i sseo yo
服用這個藥可以減低疼痛。

도깨비
do kkae bi
　　　　名　鬼怪／妖怪

도대체
do dae che
　　　　副　到底／究竟

도덕
do deok
　　　　名　道德

도망가다
do mang ga da
　　　　動　逃亡／逃跑

變化 도망가요, 도망갔어요, 도망갈 거예요, 도망갑니다

例 도둑이 감옥에서 도망갔다.
do du gi ga mo ge seo do mang gat tta
小偷從監獄逃跑了。

도무지
do mu ji
　　　　副　全然／根本

도심
do sim
　　　　名　都市中心

111 track

| 도저히
do jeo hi | 副 | 怎麼也／實在無法 |

| 도전하다
do jeon ha da | 動 | 挑戰 |

變化 도전해요, 도전했어요, 도전할 거예요, 도전합니다

例 어렵지만 도전하고 싶어요.
eo ryeop jji man do jeon ha go si peo yo
雖然很困難，但我想挑戰。

| 독자
dok jja | 名 | 讀者 |

| 독특하다
dok teu ka da | 形 | 獨特 |

變化 독특한, 독특해요, 독특했어요, 독특합니다

例 독특한 디자인으로 한국사람들에게도 인기가 많다.
dok teu kan di ja i neu ro han guk ssa ram deu re ge do in gi
ga man ta
以獨特的設計受到許多韓國人的喜愛。

| 독하다
do ka da | 形 | 毒／烈／狠毒 |

變化 독한, 독해요, 독했어요, 독합니다

例 이 술은 참 독하다.
i su reun cham do ka da
這酒真烈。

track 跨頁共同導讀 111

돌다
dol da　　　　　　　動　轉／轉動／旋轉

變化 돌아요, 돌았어요, 돌 거예요, 돕니다

例 뒤로 도세요.
dwi ro do se yo
請向後轉。

돌려주다
dol lyeo ju da　　　　動　歸還

變化 돌려줘요, 돌려줬어요, 돌려줄 거예요, 돌려줍니다

例 친구에게 빌린 돈을 돌려줬어요.
chin gu e ge bil lin do neul ttol lyeo jwo sseo yo
我歸還了向朋友借的錢。

동료
dong nyo　　　　　　名　同事／同僚

동영상
dong yeong sang　　　名　視頻

두께
du kke　　　　　　　名　厚度

두뇌
du noe　　　　　　　名　頭腦

두드리다
du deu ri da　　　　　動　敲打

變化 두드려요, 두드렸어요, 두드릴 거예요, 두드립니다

112 **track**

例 내 문을 두드리지 마.
nae mu neul ttu deu ri ji ma
不要敲我的門。

두통	
du tong	名 頭疼

뒤집다	
dwi jip tta	動 翻／翻找

變化 뒤집어요, 뒤집었어요, 뒤집을 거예요, 뒤집습니다

例 온 집안을 뒤집어도 결혼반지를 찾을 수 없었다.
on ji ba neul ttwi ji beo do gyeol hon ban ji reul cha jeul ssu
eop sseot tta
把家裡都找過了，還是找不到結婚戒指。

드물다	
deu mul da	形 稀罕／少見

變化 드문, 드물어요, 드물었어요, 드뭅니다

例 이런 경우는 아주 드물다.
i reon gyeong u neun a ju deu mul da
這種情況很少見。

든든하다	
deun deun ha da	形 堅固／踏實

變化 든든한, 든든해요, 든든했어요, 든든합니다

例 당신이 있어서 참 든든해요.
dang si ni i sseo seo cham deun deun hae yo
因為有你，讓我感到很踏實。

track 跨頁共同導讀 112

등록
deung nok
名 註冊／登記

등장하다
deung jang ha da
動 登場／上台

變化 등장해요, 등장했어요, 등장할 거예요, 등장합니다

例 주인공이 드디어 등장했어요.
ju in gong i deu di eo deung jang hae sseo yo
主角終於登場了。

따다
tta da
動 摘／採

變化 따요, 땄어요, 딸 거예요, 땁니다

例 사과 나무에서 사과 하나를 땄어요.
sa gwa na mu e seo sa gwa ha na reul tta sseo yo
從蘋果樹上摘了一顆蘋果。

따라서
tta ra seo
副 因此／所以

따르다
tta reu da
動 跟隨／隨從

變化 따라요, 따랐어요, 따를 거예요, 따릅니다

例 나를 따르려면 옷을 갈아입고 나와라.
na reul tta reu ryeo myeon o seul kka ra ip kko na wa ra
如果你想跟隨我，就換好衣服出來吧。

113 **track**

때때로 ttae ttae ro	副	間或／有時

때리다 ttae ri da	動	打／毆打

變化 때려요, 때렸어요, 때릴 거예요, 때립니다

例 함부로 사람을 때려서는 안 됩니다.
ham bu ro sa ra meul ttae ryeo seo neun an doem ni da
不可以隨便亂打人。

또래 tto rae	名	同輩／同類

또한 tto han	副	又／而且

똑똑하다 ttok tto ka da	形	聰明

變化 똑똑한, 똑똑해요, 똑똑했어요, 똑똑합니다

例 그 아이는 똑똑하고 활발해요.
geu a i neun ttok tto ka go hwal bal hae yo
那個小孩聰明又活潑。

뚱뚱하다 ttung ttung ha da	形	胖

變化 뚱뚱한, 뚱뚱해요, 뚱뚱했어요, 뚱뚱합니다

track 跨頁共同導讀 113

例 나는 뚱뚱한 사람이 되고 싶지 않아.

na neun ttung ttung han sa ra mi doe go sip
jji a na

我不想成為胖子。

뛰어나다
ttwi eo na da　　　　　形　出色／卓越

變化 뛰어난, 뛰어나요, 뛰어났어요, 뛰어납니다

例 이 마스크 팩은 미백효과가 뛰어납니다.

i ma seu keu pae geun mi bae kyo gwa ga ttwi eo nam ni da

這個面膜美白效果很好。

114 **track**

初級單字	ㄹ

라이터 ra i teo	名 打火機
라인 ra in	名 線／行
레몬 re mon	名 檸檬
레스토랑 re seu to rang	名 餐廳
로봇 ro bot	名 機器人
로비 ro bi	名 （飯店）大廳
리모컨 ri mo keon	名 遙控器
리본 ri bon	名 緞帶／絲帶
리스트 ri seu teu	名 一欄表／目錄

track 跨頁共同導讀 114

初級單字　　　□

마라톤 ma ra ton	名	馬拉松

마련되다 ma ryeon doe da	動	準備／籌措

變化 마련돼요, 마련됐어요, 마련될 거예요, 마련됩니다

例 자금이 마련되었어요?
ja geu mi ma ryeon doe eo sseo yo
資金準備好了嗎？

마우스 ma u seu	名	滑鼠／鼠標

마음껏 ma eum kkeot	副	盡情地

마찬가지 ma chan ga ji	名	相同／一樣

마침내 ma chim nae	副	終於／總算

막다 mak tta	動	堵住／擋住

變化 막아요, 막았어요, 막을 거예요, 막습니다

115 track

例 제가 가는 길을 막지 마세요.

je ga ga neun gi reul mak jji ma se yo

請別擋住我要走的路。

말 mal	名 馬

말다툼 mal tta tum	名 吵架／鬥嘴

말투 mal tu	名 口氣／口吻

망설이다 mang seo ri da	動 猶豫

變化 망설여요, 망설였어요, 망설일 거예요, 망설입니다

例 저는 무슨 옷을 입을까 망설이고 있어요.

jeo neun mu seun o seul i beul kka mang seo ri go i sseo yo

我在猶豫要穿什麼衣服。

맡다 mat tta	動 擔負／擔任

變化 맡아요, 맡았어요, 맡을 거예요, 맡습니다

例 그는 자신의 맡은 일에 최선을 다하고 있다.

geu neun ja si nui ma teun i re choe seo neul tta ha go it tta

他對自己所負責的工作全力以赴。

매력적 mae ryeok jjeok	冠 名 魅力

매체 mae che	名	媒體

매출 mae chul	名	銷售

맺다 maet tta	動	結（果）／締結

變化 맺어요, 맺었어요, 맺을 거예요, 맺습니다

例 뿌린 씨앗은 반드시 열매를 맺습니다.
ppu rin ssi a seun ban deu si yeol mae reul maet sseum ni da
灑下的種子一定會結果。

먹이 meo gi	名	飼料

먼지 meon ji	名	塵土／灰塵

며느리 myeo neu ri	名	媳婦

면허증 myeon heo jeung	名	執照

모기 mo gi	名	蚊子

모델 mo del	名	模特兒

116 track

모색하다
mo sae ka da
　　動 摸索／謀求

變化 모색해요, 모색했어요, 모색할 거예요, 모색합니다

例 좋은 해결책을 모색하기가 어렵다.
jo eun hae gyeol chae geul mo sae ka gi ga eo ryeop tta
要謀求好的解決方法很困難。

모자라다
mo ja ra da
　　動 不足／不夠

變化 모자라요, 모자랐어요, 모자랄 거예요, 모자랍니다

例 돈이 모자라나요?
do ni mo ja ra na yo
你錢不夠嗎？

목숨
mok ssum
　　名 命／生命

목표
mok pyo
　　名 目標

무기
mu gi
　　名 武器

무너지다
mu neo ji da
　　動 倒塌／垮

變化 무너져요, 무너졌어요, 무너질 거예요, 무너집니다

例 지진 때문에 많은 집들이 무너졌다.
ji jin ttae mu ne ma neun jip tteu ri mu neo jeot tta
因為地震的關係，很多房子都倒塌了。

track 跨頁共同導讀 116

무대 mu dae	名 舞臺

무덥다 mu deop tta	形 酷熱／悶熱

變化 무더운, 무더워요, 무더웠어요, 무덥습니다

例 날씨가 참 무덥다.
nal ssi kka cham mu deop tta
天氣真悶熱。

무리하다 mu ri ha da	動 形 勉強／過份／無理

變化 무리한, 무리해요, 무리했어요, 무리합니다

例 너무 무리하지 마세요.
neo mu mu ri ha ji ma se yo
別太勉強自己了。

무사히 mu sa hi	副 平安地

무술 mu sul	名 武術

무시하다 mu si ha da	動 無視／輕視

變化 무시해요, 무시했어요, 무시할 거예요, 무시합니다

例 지금 나를 무시하는 거야?
ji geum na reul mu si ha neun geo ya
你在無視我嗎？

117 **track**

무심코		
mu sim ko	副	無意／無心地

무척		
mu cheok	副	非常

묶다		
muk tta	動	捆／捆綁

變化 묶어요, 묶었어요, 묶을 거예요, 묶습니다

例 일할 때는 머리를 꼭 묶으세요.
il hal ttae neun meo ri reul kkok mu kkeu se yo
工作的時候，一定要把頭髮綁起來。

문병하다		
mun byeong ha da	動	探病

變化 문병해요, 문병했어요, 문병할 거예요, 문병합니다

例 그는 친구를 문병하러 병원에 갔다.
geu neun chin gu reul mun byeong ha reo byeong wo ne gat
tta
他去醫院探視朋友。

문의		
mu nui	名	詢問

묻다		
mut tta	動	埋葬／埋藏

變化 묻어요, 묻었어요, 묻을 거예요, 묻습니다

track 跨頁共同導讀 117

例 편지를 땅에 묻었다.

pyeon ji reul ttang e mu deot tta
把信埋在地底。

물가 mul ga	名	物價

물다 mul da	動	咬

變化 물어요, 물었어요, 물 거예요, 뭅니다

例 우리 집 개가 사람을 물었어요.

u ri jip gae ga sa ra meul mu reo sseo yo
我們家的狗咬人了。

물자 mul ja	名	物資

미납 mi nap	名	未繳納／未交

미루다 mi ru da	動	推遲／延後

變化 미뤄요, 미뤘어요, 미룰 거예요, 미룹니다

例 예약 날짜를 미루고 싶어요.

ye yak nal jja reul mi ru go si peo yo
我想延後預約的日期。

미역국 mi yeok kkuk	名	海帶湯

118 **track**

미워하다
mi wo ha da　　　　　動　討厭／厭惡

變化 미워해요, 미워했어요, 미워할 거예요, 미워합니다

例 나는 당신을 미워해요.
na neun dang si neul mi wo hae yo
我討厭你。

例 나는 그를 미워하지 않을 것이다.
na neun geu reul mi wo ha ji a neul kkeo si da
我不會厭惡他的。

미치다
mi chi da　　　　　動　瘋／發瘋

變化 미처요, 미쳤어요, 미칠 거예요, 미칩니다

例 당신 미쳤어요?
dang sin mi cheo sseo yo
你瘋了嗎？

例 내가 미쳤나봐.
nae ga mi cheon na bwa
我一定是瘋了。

例 엄마 때문에 미치겠어요.
eom ma ttae mu ne mi chi ge sseo yo
因為媽媽，我快瘋了。

민속놀이
min song no ri m　　　　名　民俗遊戲

track 跨頁共同導讀 118

믿다
mit tta
動 相信

變化 믿어요, 믿었어요, 믿을 거예요, 믿습니다

例 나 당신을 믿어도 돼요?
na dang si neul mi deo do dwae yo
我可以相信你嗎？

例 더 이상 아무도 믿을 수 없다.
deo i sang a mu do mi deul ssu eop tta
不能再相信任何人。

밀
mil
名 小麥

119 track

初級單字	ㅂ

바둑 ba duk	名 圍棋

박사 bak ssa	名 博士

반대 ban dae	名 相反／反對

반말 ban mal	名 半語（非敬語）

반면 ban myeon	名 另一方面

반복하다 ban bo ka da	動 反複

變化 반복해요, 반복했어요, 반복할 거예요, 반복합니다

例 반복해서 연습하는 것은 매우 중요합니다.

ban bo kae seo yeon seu pa neun geo seun mae u jung yo ham ni da

反覆練習非常重要。

반성하다 ban seong ha da	動 反省

變化 반성해요, 반성했어요, 반성할 거예요, 반성합니다

例 자기의 행위를 반성하세요.
ja gi ui haeng wi reul ppan seong ha se yo
請反省你自己的行為。

반짝반짝 ban jjak ppan jjak	副	一閃一閃

발견하다 bal kkyeon ha da	動	發現

變化 발견해요, 발견했어요, 발견할 거예요, 발견합니다

例 집에서 보물을 발견했어요!
ji be seo bo mu reul ppal kkyeon hae sseo yo
在家裡發現寶物了。

발명하다 bal myeong ha da	動	發明

變化 발명해요, 발명했어요, 발명할 거예요, 발명합니다

例 제 친구는 발명하는 거 좋아해요.
je chin gu neun bal myeong ha neun geo jo a hae yo
我朋友喜歡發明東西。

발휘하다 bal hwi ha da	動	發揮

變化 발휘해요, 발휘했어요, 발휘할 거예요, 발휘합니다

例 실력을 잘 발휘하기 위해 많은 연습이 필요합니다.
sil lyeo geul jjal ppal hwi ha gi wi hae ma neun yeon seu bi pi ryo ham ni da
為了能好好發揮實力，需要多多練習。

120 track

방지하다
bang ji ha da　　　動　防止

變化 방지해요, 방지했어요, 방지할 거예요, 방지합니다

例 이런 경우를 방지해야 합니다.
i reon gyeong u reul ppang ji hae ya ham ni da
必須防止這樣的情況。

방해하다
bang hae ha da　　　動　防礙

變化 방해해요, 방해했어요, 방해할 거예요, 방해합니다

例 저를 방해하지 마세요!
jeo reul ppang hae ha ji ma se yo
請不要妨礙我！

뱀
baem　　　名　蛇

버릇
beo reut　　　名　習慣／教養

번거롭다
beon geo rop tta　　　形　繁瑣／複雜

變化 번거로운, 번거로워요, 번거로웠어요, 번거롭습니다

例 이 일을 처리하는 게 너무 번거롭다.
i i reul cheo ri ha neun ge neo mu beon geo rop tta
處理這件事情太繁瑣了。

track 跨頁共同導讀 120

번역하다
beo nyeo ka da　　動　翻譯

變化 번역해요, 번역했어요, 번역할 거예요, 번역합니다

例 중국어를 한국어로 번역하세요.
jung gu geo reul han gu geo ro beo nyeo ka se yo
請把中文翻譯成韓文。

벌금
beol geum　　名　罰金

벌리다
beol li da　　動　張開

變化 벌려요, 벌렸어요, 벌릴 거예요, 벌립니다

例 입을 크게 벌리세요.
i beul keu ge beol li se yo
請開大你的嘴巴。

범죄
beom joe　　名　犯罪

법
beop　　名　法／法律

벗어나다
beo seo na da　　動　脫離

變化 벗어나요, 벗어났어요, 벗어날 거예요, 벗어납니다

例 죽음 같은 고통에서 벗어났어요.
ju geum ga teun go tong e seo beo seo na sseo yo
從死亡般的痛苦中脫離了。

121 **track**

베다
be da
動 切／割／砍

變化 베요, 베었어요, 벨 거예요, 벱니다

例 나무를 베면 산사태가 일어나기 쉬운가요?
na mu reul ppe myeon san sa tae ga i reo na gi swi un ga yo
砍樹容易引發山崩嗎？

변경하다
byeon gyeong ha da 動 變更

變化 변경해요, 변경했어요, 변경할 거예요, 변경합니다

例 약속 시간을 2 월 10 일로 변경하고 싶어요.
yak ssok si ga neul i wol si bil lo byeon gyeong ha go si peo
yo
我想把約定的時間變更成2月10號。

변명하다
byeon myeong ha da 動 辯解／解釋

變化 변명해요, 변명했어요, 변명할 거예요, 변명합니다

例 내게 아무 변명하지 마.
nae ge a mu byeon myeong ha ji ma
別給我任何的辯解。

별도
byeol do
名 另外／單獨

보관하다
bo gwan ha da
動 保管

track 跨頁共同導讀 121

變化 보관해요, 보관했어요, 보관할 거예요, 보관합니다

例 중요한 물건이니 잘 보관하십시오.

jung yo han mul geo ni ni jal ppo gwan ha sip ssi o

因為是很重要的物品，請您好好保管。

보도 bo do	名	報導
보람 bo ram	名	價值／意義
보험 bo heom	名	保險
복 bok	名	福／福氣
복권 bok kkwon	名	獎券／彩券
복사기 bok ssa gi	名	影印機
본격적 bon gyeok jjeok	名 冠	正式的
봉사 bong sa	名	服務／奉獻
부끄럽다 bu kkeu reop tta	形	害羞的

變化 부끄러운, 부끄러워요, 부끄러웠어요, 부끄럽습니다

122 track

例 너무 부끄러워서 얼굴이 빨개졌다.

neo mu bu kkeu reo wo seo eol gu ri ppal kkae jeot tta

太害羞了，臉都紅了。

부담 bu dam	名	負擔

부딪치다 bu dit chi da	動	沖撞／碰撞

變化 부딪쳐요, 부딪쳤어요, 부딪칠 거예요, 부딪칩니다

例 부딪혀서 넘어지면 어떡해요?

bu di chyeo seo neo meo ji myeon eo tteo kae yo

如果撞到跌倒怎麼辦？

부럽다 bu reop tta	形	羨慕

變化 부러운, 부러워요, 부러웠어요, 부럽습니다

例 연예인들의 하얀 피부가 부럽나요?

yeo nye in deu rui ha yan pi bu ga bu reom na yo

你羨慕藝人們的雪白肌膚嗎？

부자 bu ja	名	富翁

부족하다 bu jo ka da	形	不足／不夠

變化 부족한, 부족해요, 부족했어요, 부족합니다

track 跨頁共同導讀 122

例 수면이 부족하면 학습 능력이 떨어져요.

su myeo ni bu jo ka myeon hak sseup neung nyeo gi tteo reo
jeo yo

如果睡眠不足，學習能力會降低。

부채 bu chae	名	扇子

부하 bu ha	名	部下

분량 bul lyang	名	份量

분명하다 bun myeong ha da	形	明顯／分明／明確

變化 분명한, 분명해요, 분명했어요, 분명합니다

例 우리의 적은 분명합니다.

u ri ui jeo geun bun myeong ham ni da
我們的敵人很明確。

분실하다 bun sil ha da	動	遺失

變化 분실해요, 분실했어요, 분실할 거예요, 분실합니다

例 저는 휴대폰을 분실한 적이 몇 번 있어요.

jeo neun hyu dae po neul ppun sil han jeo gi myeot beon i
sseo yo

我曾經遺失過幾次手機。

123 **track**

불리하다
bul li ha da ⟨形⟩ 不利的

變化 불리한, 불리해요, 불리했어요, 불리합니다

例 지금 이 상황은 우리에게 상당히 불리해요.
ji geum i sang hwang eun u ri e ge sang dang hi bul li hae yo
現在這個狀況對我們相當不利。

불쌍하다
bul ssang ha da ⟨形⟩ 可憐／憐憫

變化 불쌍한, 불쌍해요, 불쌍했어요, 불쌍합니다

例 나쁜 대우를 받는 당신이 너무 불쌍해요.
na ppeun dae u reul ppan neun dang si ni neo mu bul ssang hae yo
受到不好待遇的你真可憐。

불안
bu ran ⟨名⟩ 不安

불쾌하다
bul kwae ha da ⟨形⟩ 不悦／不舒服

變化 불쾌한, 불쾌해요, 불쾌했어요. 불쾌합니다

例 이런 말 들으면 불쾌해요.
i reon mal tteu reu myeon bul kwae hae yo
聽到這種話，會很不舒服。

불편하다
bul pyeon ha da ⟨形⟩ 不方便／不舒服

track 跨頁共同導讀 123

變化 불편한, 불편해요, 불편했어요, 불편합니다

例 불편한 게 있으면 언제든 말씀해 주십시오.

bul pyeon han ge i sseu myeon eon je deun mal sseum hae ju sip ssi o

如果有不方便的地方，請隨時告訴我。

불평 bul pyeong	名	不滿／委屈
불행 bul haeng	名	不幸
비결 bi gyeol	名	祕訣
비교하다 bi gyo ha da	動	比較

變化 비교해요, 비교했어요, 비교할 거예요, 비교합니다

例 물건 값을 비교합니다.

mul geon gap sseul ppi gyo ham ni da

比較物品的價格。

비둘기 bi dul gi	名	鴿子
비록 bi rok	副	雖然／即使
비비다 bi bi da	動	拌／攪拌

124 **track**

變化 비벼요, 비볐어요, 비빌 거예요, 비빕니다

例 고추장을 넣어 밥을 비빕니다.
go chu jang eul neo eo ba beul ppi bim ni da
加入辣椒醬後把飯拌一拌。

비슷하다
bi seu ta da　　　　**形**　相似

變化 비슷한, 비슷해요, 비슷했어요, 비슷합니다

例 다른 비슷한 거 있나요?
da reun bi seu tan geo in na yo
有其他類似的嗎？

비율
bi yul　　　　**名**　比率／比例

빚
bit　　　　**名**　債務

빛나다
bin na da　　　　**動**　發光／發亮

變化 빛나요, 빛났어요, 빛날 거예요, 빛납니다

例 반짝반짝 빛나는 별이 참 아름답다.
ban jjak ppan jjak bin na neun byeo ri cham a reum dap tta
閃閃發亮的星星真美。

빼앗다
ppae at tta　　　　**動**　搶奪

變化 빼앗아요, 빼앗았어요, 빼앗을 거예요, 빼앗습니다

例 작은 아이가 큰 아이 물건을 자꾸 빼앗아요.

ja geun a i ga keun a i mul geo neul jja kku ppae a sa yo

年紀較小的孩子經常會搶年紀較大孩子的東西。

빰
ppyam　　　　　　名 臉頰

125 track

初級單字　　　　　　　人

| 사건
sa geon | 名 | 事件／案件 |

| 사고
sa go | 名 | 思考 |

| 사과하다
sa gwa ha da | 動 | 道歉 |

變化 사과해요, 사과했어요, 사과할 거예요, 사과합니다

例 제가 사과할 이유는 없어요.
je ga sa gwa hal i yu neun eop sseo yo
我沒有理由道歉。

| 사귀다
sa gwi da | 動 | 結交／交往 |

變化 사귀어요, 사귀었어요, 사귈 거예요, 사귑니다

例 나랑 사귈래요?
na rang sa gwil lae yo
你願意和我交往嗎？

| 사기꾼
sa gi kkun | 名 | 騙子 |

| 사냥꾼
sa nyang kkun | 名 | 獵人 |

| 사다리
sa da ri | 名 | 梯子 |

| 사라지다
sa ra ji da | 動 | 消失／消逝 |

變化 사라져요, 사라졌어요, 사라질 거예요, 사라집니다

例 어느날 갑자기 호수가 사라졌다.
eo neu nal kkap jja gi ho su ga sa ra jeot tta
某天湖水突然消失了。

| 사랑스럽다
sa rang seu reop tta | 形 | 可愛／討人喜歡的 |

變化 사랑스러운, 사랑스러워요, 사랑스러웠어요, 사랑스럽습니다

例 그녀가 자는 모습이 사랑스러워요.
geu nyeo ga ja neun mo seu bi sa rang seu reo wo yo
她睡覺的模樣很可愛。

| 사막
sa mak | 名 | 沙漠 |

| 사망
sa mang | 名 | 死亡 |

| 사실적
sa sil jeok | 名 冠 | 寫實／事實的 |

| 사업
sa eop | 名 | 事業／工作 |

126 track

사연 sa yeon	名	原委／事由

사유 sa yu	名	原因／原由

사회 sa hoe	名	社會

산소 san so	名	墳墓

산업화 sa neo pwa	名	產業化

살 sal	名	肉／肌肉

살리다 sal li da	動	拯救／救活／挽救

變化 살려요, 살렸어요, 살릴 거예요, 살립니다

例 저를 좀 살려 주세요.
jeo reul jjom sal lyeo ju se yo
請救救我。

삶 sam	名	生活／人生

상관 sang gwan	名	相關

| 상담
sang dam | 名 | 商談／洽談 |

| 상대방
sang dae bang | 名 | 對方 |

| 상상력
sang sang nyeok | 名 | 想像力 |

| 상승하다
sang seung ha da | 動 | 上升／上揚 |

變化 상승해요, 상승했어요, 상승할 거예요, 상승합니다

例 전세계 식품 가격이 다시 상승하고 있다.

jeon se gye sik pum ga gyeo gi da si sang seung ha go it tta

全世界的食品價格再度上揚。

| 상식
sang sik | 名 | 常識 |

| 상업
sang eop | 名 | 商業 |

| 상영하다
sang yeong ha da | 動 | 上映／放映 |

變化 상영해요, 상영했어요, 상영할 거예요, 상영합니다

例 요즘 무슨 영화를 상영하고 있어요?

yo jeum mu seun yeong hwa reul ssang yeong ha go i sseo yo

最近在上映什麼電影？

127 **track**

상인 sang in	名	商人

상태 sang tae	名	狀態

상품권 sang pum gwon	名	商品券

새롭다 sae rop tta	形	新／猶新

變化 새로운, 새로워요, 새로웠어요, 새롭습니다

例 새로운 컴퓨터를 사고 싶다.
sae ro un keom pyu teo reul ssa go sip tta
我想買新的電腦。

새우다 sae u da	動	熬（夜）

變化 새워요, 새웠어요, 새울 거예요, 새웁니다

例 오늘은 밤 새우지 마.
o neu reun bam sae u ji ma
今天不要熬夜。

새해 sae hae	名	新年

생김새 saeng gim sae	名	長相

track 跨頁共同導讀 127

생략하다
saeng nya ka da ┃動┃ 省略

變化 생략해요, 생략했어요, 생략할 거예요, 생략합니다

例 이 부분을 생략할 수 있다.
i bu bu neul ssaeng nya kal ssu it tta
這個部分可以省略。

생명
saeng myeong ┃名┃ 生命

생산
saeng san ┃名┃ 生產

생애
saeng ae ┃名┃ 生涯／生平

생존
saeng jon ┃名┃ 生存

서두르다
seo du reu da ┃動┃ 趕忙／趕緊

變化 서둘러요, 서둘었어요, 서두를 거예요, 서두릅니다

例 시간이 없으니까 서둘러요.
si ga ni eop sseu ni kka seo dul leo yo
沒時間了，趕快！

서럽다
seo reop tta ┃形┃ 冤枉／委屈／感到難受

變化 서러운, 서러워요, 서러웠어요, 서럽습니다

128 track

例 버스 안에서 누가 서럽게 울고 있어요.

beo seu a ne seo nu ga seo reop kke ul go i sseo yo

公車上有人悲傷地在哭泣。

서리 seo ri	名 霜

서운하다 seo un ha da	形 遺憾／依依不捨

變化 서운한, 서운해요, 서운했어요, 서운합니다

例 기대하지 않으면 서운할 것도 없어요.

gi dae ha ji a neu myeon seo un hal kkeot tto eop sseo yo

如果不期待，也不會感到遺憾。

석유 seo gyu	名 石油

섞다 seok tta	動 混合

變化 섞어요, 섞었어요, 섞을 거예요, 섞습니다

例 소금과 후춧가루를 넣고 잘 섞으세요.

so geum gwa hu chut kka ru reul neo ko jal sseo kkeu se yo

加入鹽巴和胡椒粉之後好好攪拌。

설득하다 seol deu ka da	動 説服／勸説

變化 설득해요, 설득했어요, 설득할 거예요, 설득합니다

track 跨頁共同導讀 128

例 어떻게 부모님을 설득해야 할지 모르겠어요.
eo tteo ke bu mo ni meul sseol deu kae ya
hal jji mo reu ge sseo yo
我不知道怎麼說服父母親。

설문 seol mun	名	問卷

섭섭하다 seop sseo pa da	形	捨不得／遺憾

變化 섭섭한, 섭섭해요, 섭섭했어요, 섭섭합니다

例 이렇게 헤어져서 정말 섭섭해요.
i reo ke he eo jeo seo jeong mal sseop sseo pae yo
這樣子分開真捨不得。

성공 seong gong	名	成功

성냥 seong nyang	名	火柴

성분 seong bun	名	成分

성장 seong jang	名	成長

세기 se gi	名	世紀

129 **track**

세균 se gyun	名 細菌
세대 se dae	名 世代
소극적 so geuk jjeok	名 冠 消極的
소년 so nyeon	名 少年
소문 so mun	名 傳聞／消息
소비 so bi	名 消費
소외감 so oe gam	名 疏離感／冷落感
소중하다 so jung ha da	形 寶貴／貴重

變化 소중한, 소중해요, 소중했어요, 소중합니다

例 이번 일은 내게 아주 소중한 경험이 됐다.
i beon i reun nae ge a ju so jung han gyeong
heo mi dwaet tta
這次的事對我而言是很寶貴的經驗。

속상하다
sok ssang ha da
形 傷心／難過

變化 속상한, 속상해요, 속상했어요, 속상합니다

例 너무 화가 나고 속상해요.
neo mu hwa ga na go sok ssang hae yo
既生氣又傷心。

속셈
sok ssem
名 心計／用意／居心

손해
son hae
名 損害

솔직히
sol jji ki
副 誠實／坦率

수단
su dan
名 手段／方法

수리하다
su ri ha da
動 修理

變化 수리해요, 수리했어요, 수리할 거예요, 수리합니다

例 최대한 빨리 수리해 주세요.
choe dae han ppal li su ri hae ju se yo
請你趕快幫我修理。

수명
su myeong
名 壽命

수준
su jun
名 水準

130 track

수출 su chul	名 出口／輸出

수표 su pyo	名 支票

순간 sun gan	名 瞬間

순진하다 sun jin ha da	形 天真／純真

變化 순진한, 순진해요, 순진했어요, 순진합니다

例 순진한 사람은 쉽게 사기를 당할까요?

sun jin han sa ra meun swip kke sa gi reul ttang hal kka yo

天真的人容易受騙嗎？

스승 seu seung	名 師傅／老師

슬기롭다 seul kki rop tta	形 機智／機靈

變化 슬기로운, 슬기로워요, 슬기로웠어요, 슬기롭습니다

例 그는 용감하고 슬기롭다.

geu neun yong gam ha go seul kki rop tta

他勇敢又機智。

승용차 seung yong cha	名 轎車／汽車

승진 seung jin	名 晉升／升職
시력 si ryeok	名 視力
시상식 si sang sik	名 頒獎典禮
시어머니 si eo meo ni	名 婆婆
시집 si jip	名 詩集
시청자 si cheong ja	名 觀眾
식량 sing nyang	名 糧食
신나다 sin na da	動 開心／興高采烈

變化 신나요, 신났어요, 신날 거예요, 신납니다

例 아이들이 공원에서 신나게 놀고 있다.
a i deu ri gong wo ne seo sin na ge nol go it tta
孩子們開心地在公園玩耍。

신분증 sin bun jeung	名 身份證

131 `track`

신선하다
sin seon ha da　形 新鮮

變化 신선한, 신선해요, 신선했어요, 신선합니다

例 과일이 신선하지 않아요.
gwa i ri sin seon ha ji a na yo
水果不新鮮。

신세대
sin se dae　名 新一代／新世代

신중하다
sin jung ha da　形 慎重

變化 신중한, 신중해요, 신중했어요, 신중합니다

例 장난은 신중해야 합니다.
jang na neun sin jung hae ya ham ni da
開玩笑必須要慎重。

신청하다
sin cheong ha da　動 申請

變化 신청해요, 신청했어요, 신청할 거예요, 신청합니다

例 나는 장학금을 신청했다.
na neun jang hak kkeu meul ssin cheong haet tta
我申請了獎學金。

신체
sin che　名 身體

track 跨頁共同導讀 131

실력 sil lyeok	名	實力

실망 sil mang	名	失望

실시하다 sil si ha da	動	實施／施行

變化 실시해요, 실시했어요, 실시할 거예요, 실시합니다

例 오늘은 대통령 선거 투표를 실시합니다.

o neu reun dae tong nyeong seon geo tu pyo reul ssil si ham ni da

今天實施總統選舉投票。

실험 sil heom	名	實驗

심각하다 sim ga ka da	形	嚴重

變化 심각한, 심각해요, 심각했어요, 심각합니다

例 상황이 얼마나 심각합니까?

sang hwang i eol ma na sim ga kam ni kka

狀況有多嚴重？

심심하다 sim sim ha da	形	無聊

變化 심심한, 심심해요, 심심했어요, 심심합니다

132 track

例 할 일이 없어서 너무 심심해요.
hal i ri eop sseo seo neo mu sim sim hae yo
沒事做好無聊。

심정 sim jeong	名	心情

심지어 sim ji eo	副	甚至

싱글벙글 sing geul ppeong geul	副	眉開眼笑／笑瞇瞇地

쌓다 ssa ta	動	堆積／累積

變化 쌓아요, 쌓았어요, 쌓을 거예요, 쌓습니다

例 일을 통해 좋은 경험을 많이 쌓았어요.
i reul tong hae jo eun gyeong heo meul ma ni ssa a sseo yo
藉由工作累積了很多好的經驗。

쓸쓸하다 sseul sseul ha tta	形	凄涼／寂寞

變化 쓸쓸한, 쓸쓸해요, 쓸쓸했어요, 쓸쓸합니다

例 기다림은 쓸쓸하고 외로워요.
gi da ri meun sseul sseul ha kko oe ro wo yo
等待既寂寞又孤單。

씨름 ssi reum	名	摔跤

track 跨頁共同導讀 132

初級單字　　　　　　　　　　○

| 아깝다
a kkap tta | 形 | 可惜 |

變化 아까운, 아까워요, 아까웠어요, 아깝습니다

例 이걸 왜 버리세요? 너무 아까워요.
i geol wae beo ri se yo neo mu a kka wo yo
這個為什麼要丟掉呢？好可惜喔！

| 아끼다
a kki da | 動 | 節省／愛惜 |

變化 아껴요, 아꼈어요, 아낄 거예요, 아낍니다

例 지금부터 물을 아껴 쓰세요.
ji geum bu teo mu reul a kkyeo sseu se yo
請從現在起節約用水。

| 아무나
a mu na | 名 | 任何人 |

| 아무리
a mu ri | 副 | 不管多麼／不管如何 |

| 아무튼
a mu teun | 副 | 不管怎樣／總之 |

| 아이디어
a i di eo | 名 | 主意／想法 |

133 **track**

안내원 an nae won	名 接待員／嚮導

안타깝다 an ta kkap tta	形 惋惜／可惜／難過

變化 안타까운, 안타까웠어요, 안타까울 거예요, 안타깝습니다

例 좋은 친구를 잃게 돼 너무 안타깝다.
jo eun chin gu reul il ke dwae neo mu an ta kkap tta
很可惜失去了一位好朋友。

알뜰하다 al tteul ha tta	形 細心／精打細算

變化 알뜰한, 알뜰해요, 알뜰했어요, 알뜰합니다

例 알뜰한 해외 여행을 가고 싶어요?
al tteul han hae oe yeo haeng eul kka go si peo yo
你想要精打細算的國外旅行嗎？

알림 al lim	名 通知

알코올 al ko ol	名 酒精

앞당기다 ap ttang gi da	動 提前／提早

變化 앞당겨요, 앞당겼어요, 앞당길 거예요, 앞당깁니다

track 跨頁共同導讀 133

例 이틀을 앞당겨 떠나려고 합니다.

i teu reul ap ttang gyeo tteo na ryeo go ham ni da

我想提早兩天離開。

앞으로 a peu ro	副	往後／以後
애완견 ae wan gyeon	名	寵物狗
야간 ya gan	名	夜間
야단치다 ya dan chi da	動	訓斥／責罵

變化 야단쳐요, 야단쳤어요, 야단칠 거예요, 야단칩니다

例 오늘 부모님께서 저를 야단치셨어요.

o neul ppu mo nim kke seo jeo reul ya dan chi syeo sseo yo

今天父母親責罵了我。

야외 ya oe	名	野外／郊外／戶外
야자 ya ja	名	椰子
약하다 ya ka da	形	弱／虛弱

變化 약한, 약해요, 약했어요, 약합니다

134 `track`

例 질병으로 그의 몸이 약해졌다.
jil byeong eu ro geu ui mo mi ya kae jeot tta
疾病讓他的身體變虛弱了。

약혼녀 ya kon nyeo	名 未婚妻

약혼식 ya kon sik	名 訂婚典禮

얌전하다 yam jeon ha da	形 文靜／斯文

變化 얌전한, 얌전해요, 얌전했어요, 얌전합니다

例 그녀는 얌전하고 착해요.
geu nyeo neun yam jeon ha go cha kae yo
她文靜又善良。

양념 yang nyeom	名 調味料

양로원 yang no won	名 養老院

양식당 yang sik ttang	名 西餐廳

양쪽 yang jjok	名 兩邊

track 跨頁共同導讀 134

양치질 yang chi jil	名	刷牙

어기다 eo gi da	動	違背

變化 어겨요, 어겼어요, 어길 거예요, 어깁니다

例 이번 약속도 어기면 다시는 용서하지 않을 거야.
i beon yak ssok tto eo gi myeon da si neun yong seo ha ji a neul kkeo ya
如果你這次再違約，我不會再原諒你的。

어느새 eo neu sae	副	轉眼間

어린 시절 eo rin si jeol	複	年幼時期

어색하다 eo sae ka da	形	尷尬／難為情

變化 어색한, 어색해요, 어색했어요, 어색합니다

例 어색한 표정.
eo sae kan pyo jeong
尷尬的表情。

어수선하다 eo su seon ha da	形	凌亂／雜亂

變化 어수선한, 어수선해요, 어수선했어요, 어수선합니다

135 **track**

例 방이 왜 이렇게 어수선해요?
bang i wae i reo ke eo su seon hae yo
房間為什麼這麼凌亂？

어차피 eo cha pi	副	反正

어학원 eo ha gwon	名	語言學院

언어 eo neo	名	語言

얹다 eon da	動	加上／放上

變化 얹어요, 얹었어요, 얹을 거예요, 얹습니다

例 세금을 얹어 모두 12 만원입니다.
se geu meul eon jeo mo du si bi ma nwo
nim ni da
加上稅金總共是12萬韓元。

얼룩 eol luk	名	斑點／污點

얼른 eol leun	副	快／趕緊

엄격하다 eom gyeo ka da	形	嚴厲的／嚴格的

變化 엄격한, 엄격해요, 엄격했어요, 엄격합니다

track 跨頁共同導讀 135

例 우리 부모님께서는 너무 엄격하십니다.

u ri bu mo nim kke seo neun neo mu eom gyeoka sim ni da

我父母親太過嚴格了。

업무 eom mu	名	業務
엉망 eong mang	名	亂糟糟
에너지 e neo ji	名	能量
여 yeo	名	女／女人／女性
여드름 yeo deu reum	名	青春痘
여러 가지 yeo reo ga ji	名	各式各樣
여러 종류 yeo reo jong nyu	名	各種
여론 yeo ron	名	輿論
여성복 yeo seong bok	名	女裝

136 `track`

여우 yeo u	名	狐狸

여유 yeo yu	名	閒暇／充裕

여전히 yeo jeon hi	副	依然

역할 yeo kal	名	作用／角色

엮다 yeok tta	動	編織

變化 엮어요, 엮었어요, 엮을 거예요, 엮습니다

例 바구니를 엮어 보셨나요?
ba gu ni reul yeo kkeo bo syeon na yo
您編織過籃子嗎？

연 yeon	名	風箏

연결하다 yeon gyeol ha da	動	連接／連結

變化 연결해요, 연결했어요, 연결할 거예요, 연결합니다

例 두 점을 직선으로 연결하다.
du jeo meul jjik sseo neu ro yeon gyeol ha da
用直線連接兩個點。

연구 yeon gu	名 研究
연락 yeol lak	名 聯繫／聯絡
연말 yeon mal	名 年末／年終
연하다 yeon ha da	形 淺／淡

變化 연한, 연해요, 연했어요, 연합니다

例 짙은 색보다 연한 색이 좋습니다.
ji teun saek ppo da yeon han sae gi jo sseum ni da
比起深色，我較喜歡淺色。

열기 yeol gi	名 熱氣
열대 yeol dae	名 熱帶
열람실 yeol lam sil	名 閱覽室
열매 yeol mae	名 果實
열이 나다 yeo ri na da	慣 發燒

137 **track**

염려하다
yeom nyeo ha da　　動　擔心

變化 염려해요, 염려했어요, 염려할 거예요, 염려합니다

例 아무것도 염려하지 마십시오.
a mu geot tto yeom nyeo ha ji ma sip ssi o
您什麼也不必擔心。

염색하다
yeom sae ka da　　動　染色

變化 염색해요, 염색했어요, 염색할 거예요, 염색합니다

例 머리를 염색하고 싶어요.
meo ri reul yeom sae ka go si peo yo
我想染頭髮。

엿보다
yeot ppo da　　動　偷看／窺伺

變化 엿봐요, 엿봤어요, 엿볼 거예요, 엿봅니다

例 누군가 당신의 편지를 엿보고 있다.
nu gun ga dang si nui pyeon ji reul yeot ppo go it tta
有人在偷看你的信件。

영리하다
yeong ni ha da　　形　伶俐

變化 영리한, 영리해요, 영리했어요, 영리합니다

例 그 아이는 영리하고 똑똑해요.
geu a i neun yeong ni ha go ttok tto kae yo
那個孩子伶俐又聰明。

영양 yeong yang	名	營養
영업 yeong eop	名	營業
영역 yeong yeok	名	領域
영향 yeong hyang	名	影響
옆집 yeop jjip	名	鄰居／隔壁
예고 ye go	名	預告
예금 ye geum	名	存款／儲蓄
예를 들다 ye reul tteul tta	慣	舉例
예매 ye mae	名	預售／預購
예보 ye bo	名	預報
예상 ye sang	名	預想／預料

138 track

예습하다 ye seu pa da	動	預習

變化 예습해요, 예습했어요, 예습할 거예요, 예습합니다

例 수업 전에 먼저 예습하는 것이 좋습니다.
su eop jeo ne meon jeo ye seu pa neun geo
si jo sseum ni da
上課前先預習比較好。

예의 ye ui	名	禮貌

오락실 o rak ssil	名	娛樂室／遊戲室

오토바이 o to ba i	名	摩托車

오해 o hae	名	誤會

오히려 o hi ryeo	副	反而

올 겨울 ol gyeo ul	複	今年冬天

옳다 ol ta	形	正確／對

變化 옳은, 옳아요, 옳았어요, 옳습니다

track 跨頁共同導讀 138

例 그건 옳은 말이에요.

geu geon o reun ma ri e yo

那句話說得很對。

완전 wan jeon	名 完整／完全
외로움 oe ro um	名 孤獨
외모 oe mo	名 外貌
외식 oe sik	名 外食
왼손잡이 oen son ja bi	名 左撇子
요구 yo gu	名 要求
요리사 yo ri sa	名 廚師
요인 yo in	名 要因／主要因素
욕심 yok ssim	名 貪心／欲望
용돈 yong don	名 零用錢

139 **track**

용서하다 yong seo ha da	動 饒恕／原諒

變化 용서해요, 용서했어요, 용서할 거예요, 용서합니다

例 저는 그녀를 용서할 수 없습니다.
jeo neun geu nyeo reul yong seo hal ssu eop sseum ni da
我無法原諒她。

우승 u seung	名 取勝／優勝

우아하다 u a ha da	形 優雅

變化 우아한, 우아해요, 우아했어요, 우아합니다

例 그녀는 앉는 자세가 우아합니다.
geu nyeo neun an neun ja se ga u a ham ni da
她坐著的姿勢很優雅。

우연히 u yeon hi	副 偶然地

우월감 u wol gam	名 優越感

우정 u jeong	名 友情

운임 u nim	名 運費

track 跨頁共同導讀 139

울음 u reum	名	哭泣

울창하다 ul chang ha da	形	（樹木）蒼翠茂盛

變化 울창한, 울창해요, 울창했어요, 울창합니다

例 울창한 숲 속에서 삼림욕을 즐깁니다.
ul chang han sup so ge seo sam ni myo geul jjeul kkim ni da
在茂密的森林中享受森林浴。

원래 wol lae	副	原來／原本

원서 won seo	名	申請表／志願書

원인 wo nin	名	原因

원하다 won ha da	動	指望／希望

變化 원해요, 원했어요, 원할 거예요, 원합니다

例 어떤 색깔을 원하세요?
eo tteon saek kka reul won ha se yo
你想要什麼顏色？

월간 wol gan	名	月刊

위대하다
wi dae ha da   形 偉大

變化 위대한, 위대해요, 위대했어요, 위대합니다

例 세종대왕은 위대한 사람입니다.
se jong dae wang eun wi dae han sa ra mim
ni da
世宗大王是偉大的人。

윗사람
wit ssa ram   名 長者／長輩

유난히
yu nan hi   副 特別／格外

유래
yu rae   名 由來

유리창
yu ri chang   名 玻璃窗

유사
yu sa   名 類似

유산
yu san   名 遺產

유익하다
yu i ka da   形 有益

變化 유익한, 유익해요, 유익했어요, 유익합니다

track 跨頁共同導讀 140

例 채소는 모발 건강에 유익하다.
chae so neun mo bal kkeon gang e yu i ka da
蔬菜對毛髮的健康有益。

유적 yu jeok	名	遺址

유지하다 yu ji ha da	動	維持

變化 유지해요, 유지했어요, 유지할 거예요, 유지합니다

例 이런 성적을 계속 유지하세요.
i reon seong jeo geul kkye sok yu ji ha se yo
請繼續維持這樣的成績。

유치원 yu chi won	名	幼稚園

유형 yu hyeong	名	類型

음력 eum nyeok	名	陰曆

음반 eum ban	名	唱片

음악회 eu ma koe	名	音樂會

음주 eum ju	名	飲酒

141 **track**

응급실 eung geup ssil	名	急救室／急診室
의견 ui gyeon	名	意見
의사 ui sa	名	意思／用意
의식 ui sik	名	意識／神智
의욕 ui yok	名	欲望／熱情
의지 ui ji	名	意志
의학 ui hak	名	醫學
이것저것 i geot jjeo geot	名	這個那個／各種
이동 i dong	名	移動
이미지 i mi ji	名	印象／形象
이상 i sang	名	以上

track 跨頁共同導讀 141

이십대 i sip ttae	名	20多歲的人
이인분 i in bun	名	兩人份
이자 i ja	名	利息
이탈리아 i tal li a	名	義大利
이해하다 i hae ha da	動	理解／搞懂

變化 이해해요, 이해했어요, 이해할 거예요, 이해합니다

例 이 책의 내용을 이해하기 어렵습니다.
i chae gui nae yong eul i hae ha gi eo ryeop sseum ni da
這本書的內容很難理解。

이혼 i hon	名	離婚
이후 i hu	名	以後／之後
익숙하다 ik ssu ka da	形	熟練／熟悉

變化 익숙한, 익숙해요, 익숙했어요, 익숙합니다

142 **track**

例 직장 생활에 아직 익숙하지 않아요.
jik jjang saeng hwa re a jik ik ssu ka ji a na yo
我還沒熟悉職場的生活。

익히다 i ki da	動 熟悉／煮熟

變化 익혀요, 익혔어요, 익힐 거예요, 익힙니다

例 일단 요령만 익히면 어렵지 않아요.
il dan yo ryeong man i ki myeon eo ryeop jji a na yo
只要熟悉要領便不難。

인내 in nae	名 忍耐

인류 il lyu	名 人類

인상적 in sang jeok	名 冠 印象深刻的

인생 in saeng	名 人生

인식 in sik	名 認識／認知

일대 il dae	名 地區／一帶

일등 il deung	名 一等／第一名

track 跨頁共同導讀 142

일부러 il bu reo	副	故意／特意

일상생활 il sang saeng hwal	名	日常生活

일인당 i rin dang	名	人均

일치하다 il chi ha da	動	一致

變化 일치해요, 일치했어요, 일치할 거예요, 일치합니다

例 대체로 의견이 일치했다.
dae che ro ui gyeo ni il chi haet tta
大致上意見是一致的。

입맛 im mat	名	胃口

잉크 ing keu	名	墨水

잎 ip	名	葉子

初級單字	ㅈ

자극		
ja geuk	名	刺激

자꾸		
ja kku	副	老是／總是

자녀		
ja nyeo	名	子女

자랑하다		
ja rang ha da	動	誇耀／驕傲／自豪

變化 자랑해요, 자랑했어요, 자랑할 거예요, 자랑합니다

例 우리 가족을 자랑합니다.
u ri ga jo geul jja rang ham ni da
我以我的家人為傲。

자살		
ja sal	名	自殺

자세		
ja se	名	姿勢

자세히		
ja se hi	副	仔細地

자신		
ja sin	名	自己

track 跨頁共同導讀 143

자신감 ja sin gam	名	自信心
자원 봉사자 ja won bong sa ja	複	義工
자유 ja yu	名	自由
자제 ja je	名	克制／自我節制
자체 ja che	名	本身
자취 ja chwi	名	蹤跡／痕跡
작품 jak pum	名	作品
잔소리 jan so ri	名	嘮叨
잠을 설치다 ja meul sseol chi da	慣	沒睡好
잠옷 ja mot	名	睡衣
잠자리 jam ja ri	名	床鋪

144 track

잡곡 jap kkok	名	雜糧

장난 jang nan	名	搗亂／調皮

장남 jang nam	名	長子

장녀 jang nyeo	名	長女

장담 jang dam	名	保證／擔保

장래 jang nae	名	將來

장만하다 jang man ha da	動	置備／購置

變化 장만해요, 장만했어요, 장만할 거예요, 장만합니다

例 새 집을 장만했습니다.
sae ji beul jjang man haet sseum ni da
置備了新家。

장사 jang sa	名	經商／做買賣

장소 jang sa	名	場所

track 跨頁共同導讀 144

장수
jang su 　　　　　　　名　長壽

장식용
jang sing nyong 　　　　名　裝飾用

장애
jang ae 　　　　　　　名　障礙／殘疾

장학금
jang hak kkeum 　　　　名　獎學金

재래시장
jae rae si jang 　　　　名　傳統市場

재산
jae san 　　　　　　　名　財產

재앙
jae ang 　　　　　　　名　災難

재우다
jae u da 　　　　　　　動　哄…睡覺

變化 재워요, 재웠어요, 재울 거예요, 재웁니다

例 자장가를 부르면서 아기를 재운다.
ja jang ga reul ppu reu myeon seo a gi reul
jjae un da
邊唱搖籃曲邊哄孩子睡覺。

재활용
jae hwa ryong 　　　　名　再利用

145 **track**

저금 jeo geum	名	儲蓄
저자 jeo ja	名	作者
저절로 jeo jeol lo	副	自行／自動
저희 jeo hi	代	我們
적극적 jeok kkeuk jjeok	冠 名	積極
적당히 jeok ttang hi	副	適當地
적성 jeok sseong	名	適應能力
전국 jeon guk	名	全國
전기 jeon gi	名	電
전망 jeon mang	名	前景／展望
전문가 jeon mun ga	名	專家

전자
jeon ja　名　電子

전쟁
jeon jaeng　名　戰爭

전통
jeon tong　名　傳統

전통 놀이
jeon tong no ri　複　傳統遊戲

전해주다
jeon hae ju da　動　轉交／傳達

變化 전해줘요, 전해줬어요, 전해줄 거예요, 전해줍니다

例 이 편지를 선생님께 좀 전해 주세요.
i pyeon ji reul sseon saeng nim kke jom jeon hae ju se yo
請幫我把這封信轉交給老師。

전혀
jeon hyeo　副　全然／完全

전후
jeon hu　名　前後

절대로
jeol dae ro　副　絕對

절약하다
jeo rya ka da　動　節約

146 **track**

變化 절약해요, 절약했어요, 절약할 거예요, 절약합니다

例 에너지를 절약합시다.

e neo ji reul jjeo rya kap ssi da

一起節約能源吧。

젊은이

jeol meu ni

名 年輕人

점점

jeom jeom

副 漸漸地

접하다

jeo pa da

動 相鄰／接觸

變化 접해요, 접했어요, 접할 거예요, 접합니다

例 같은 회사에서 일하지만 접할 기회는 별로 없다.

ga teun hoe sa e seo il ha ji man jeo pal kki hoe neun byeol
lo eop tta

在同一個公司上班，但是接觸的機會不多。

정기

jeong gi

名 定期

정반대

jeong ban dae

名 正相反

정보

jeong bo

名 信息／情報

정부

jeong bu

名 政府

정성

jeong seong　　名　誠心

정식

jeong sik　　名　套餐

정신

jeong sin　　名　精神

정월

jeong wol　　名　正月／一月

정육점

jeong yuk jjeom　　名　肉店／肉舖

정전

jeong jeon　　名　停電

정직하다

jeong ji ka da　　形　正直的

變化 정직한, 정직해요, 정직했어요, 정직합니다

例 그는 정직한 사람이 아니다.
geu neun jeong ji kan sa ra mi a ni da
他不是正直的人。

정책

jeong chaek　　名　政策

정체

jeong che　　名　真面目／真實身分

147 **track**

정치
jeong chi 　名　政治

제기
je gi 　名　毽子

제대로
je dae ro 　副　順利地／正常地

제법
je beop 　副　相當／夠

제자
je ja 　名　弟子／學生

제한하다
je han ha da 　動　制約／限制

變化 제한해요, 제한했어요, 제한할 거예요, 제한합니다

例 나이를 제한하지 않습니다.
na i reul jje han ha ji an sseum ni da
不限制年齡。

조개
jo gae 　名　貝／蛤蜊

조건
jo geon 　名　條件

조명
jo myeong 　名　照明

track 跨頁共同導讀 147

조상
jo sang   名 祖先

조식
jo sik   名 早餐／早飯

조언
jo eon   名 指點／指教

존경하다
jon gyeong ha da   動 尊敬

變化 존경해요, 존경했어요, 존경할 거예요, 존경합니다

例 전 부모님을 사랑하고 존경합니다.
jeon bu mo ni meul ssa rang ha go jon gyeong ham ni da
我愛父母也尊敬他們。

존댓말
jon daen mal   名 敬語

졸다
jol da   動 打瞌睡

變化 졸아요, 졸았어요, 졸 거예요, 좁니다

例 수업 시간에 졸지 마세요.
su eop si ga ne jol ji ma se yo
上課時間別打瞌睡。

졸음
jo reum   名 睏意／睡意

148 `track`

종교 jong gyo	名	宗教
종아리 jong a ri	名	小腿
종이 jong i	名	紙
종종 jong jong	副	常常／不時
좌절 jwa jeol	名	挫折
주관식 ju gwan sik	名	主觀式
주년 ju nyeon	名	周年
주로 ju ro	副	主要
주름 ju reum	名	皺紋／皺摺
주목 ju mok	名	注視／注目
주식 ju sik	名	股票

주식회사
ju si koe sa　　　　名　股份公司

주위
ju wi　　　　名　周圍

주유소
ju yu so　　　　名　加油站

주의
ju ui　　　　名　注意

주장
ju jang　　　　名　主張

줄거리
jul geo ri　　　　名　（情節）概要

중고
jung go　　　　名　中古／舊貨

중단하다
jung dan ha da　　　　動　中斷

變化 중단해요, 중단했어요, 중단할 거예요, 중단합니다

例 함부로 치료를 중단하지 마세요.
ham bu ro chi ryo reul jjung dan ha ji ma se yo
請勿隨意中斷治療。

중독
jung dok　　　　名　中毒

중심
jung sim | 名 中心

중앙
jung ang | 名 中央

중앙 아시아
jung ang a si a | 榎 中亞

증명하다
jeung myeong ha da | 動 證明

變化 증명해요, 증명했어요, 증명할 거예요, 증명합니다

例 시간이 모든 것을 증명할 수 있어요.
si ga ni mo deun geo seul jjeung myeong hal ssu i sseo yo
時間會證明一切。

지구
ji gu | 名 地球

지난해
ji nan hae | 名 去年

지니다
ji ni da | 動 攜帶／具有

變化 지녀요, 지녔어요, 지닐 거예요, 지닙니다

例 노트북을 지니고 있나요?
no teu bu geul jji ni go in na yo
你有攜帶筆記型電腦嗎？

지루하다
ji ru ha da　　形　無聊／漫長

變化 지루한, 지루해요, 지루했어요, 지루합니다

例 생활이 대단히 지루하다.
saeng hwa ri dae dan hi ji ru ha da
生活非常無聊。

지식
ji sik　　名　知識

지역
ji yeok　　名　地域

지원
ji won　　名　支援／協助

지지
ji ji　　名　支持

지진
ji jin　　名　地震

지치다
ji chi da　　動　累／疲勞

變化 지쳐요, 지쳤어요, 지칠 거예요, 지칩니다

例 지치면 쉬었다 가자.
ji chi myeon swi eot tta ga ja
如果累了，休息一下再走吧。

150 `track`

지폐 ji pye	名	紙幣／紙鈔

직장 jik jjang	名	職場

진심 jin sim	名	真心

진열창 ji nyeol chang	名	櫥窗／陳列窗

진작 jin jak	副	早一點／趁早

진정 jin jeong	名	真情／真心

진정하다 jin jeong ha da	動	鎮靜／冷靜

變化 진정해요, 진정했어요, 진정할 거예요, 진정합니다

例 여러분, 진정하세요.
yeo reo bun jin jeong ha se yo
請大家冷靜下來。

진하다 jin ha da	形	濃／深

變化 진한, 진해요, 진했어요, 진합니다

track 跨頁共同導讀 150

例 남자는 화장이 진한 여자를 싫어한다.

nam ja neun hwa jang i jin han yeo ja reul ssi reo han da
男生討厭化濃妝的女生。

질병
jil byeong　　　　　名　疾病

질투
jil tu　　　　　名　嫉妒

짐작하다
jim ja ka da　　　　　動　估量／揣測

變化 짐작해요, 짐작했어요, 짐작할 거예요, 짐작합니다

例 서평을 읽으면 책의 내용을 짐작할 수 있다.

seo pyeong eul il geu myeon chae gui nae yong eul jjim ja
kal ssu it tta
讀過書評後，就可以揣測出書的內容。

집들이
jip tteu ri　　　　　名　喬遷宴

집안일
ji ba nil　　　　　名　家務事

짜증
jja jeung　　　　　名　牢騷／脾氣／不耐煩

짝사랑
jjak ssa rang　　　　　名　單相思／暗戀

151 **track**

쩔쩔매다
jjeol jjeol mae da　　🔲動　手足無措／驚慌失措

變化 쩔쩔매요, 쩔쩔맸어요, 쩔쩔맬 거예요, 쩔쩔맵니다

例 아이가 울면 쩔쩔매지 마세요.
a i ga ul myeon jjeol jjeol mae ji ma se yo
小孩子哭的話，請不要驚慌。

쭉
jjuk　　🔲副　一直／筆直地

찌다
jji da　　🔲動　蒸

變化 쪄요, 쪘어요, 찔 거예요, 찝니다

例 난 배가 고파서 만두를 찌고 있다.
nan bae ga go pa seo man du reul jji go it tta.
我肚子餓正在蒸水餃。

track 跨頁共同導讀 151

| 차다
cha da | 動 踢 |

變化 차요, 찼어요, 찰 거예요, 찹니다

例 공을 이리로 차세요.

gong eul i ri ro cha se yo
請把球踢來這裡。

| 차다
cha da | 動 充滿／滿 |

變化 차요, 찼어요, 찰 거예요, 찹니다

例 죄송하지만 자리가 벌써 꽉 찼어요.

joe song ha ji man ja ri ga beol sseo kkwak cha sseo yo
對不起，位子已經都滿了。

| 차량
cha ryang | 名 車輛 |

| 차례
cha rye | 名 次序／輪到 |

| 차밭
cha bat | 名 茶園 |

| 차이
cha i | 名 差距／差異 |

152 **track**

차차 cha cha	副	漸漸／慢慢

착각 chak kkak	名	錯覺

착용하다 cha gyong ha da	動	穿／配戴

變化 착용해요, 착용했어요, 착용할 거예요, 착용합니다

例 이 안경을 착용해도 되나요?
i an gyeong eul cha gyong hae do doe na yo
我可以試戴這副眼鏡嗎？

찬성하다 chan seong ha da	動	贊成

變化 찬성해요, 찬성했어요, 찬성할 거예요, 찬성합니다

例 이 제안에 대해서 저도 찬성합니다.
i je a ne dae hae seo jeo do chan seong ham
ni da
我也贊成這個提案。

참 cham	副	真的／真

참가비 cham ga bi	名	參加費

참가하다 cham ga ha da	動	參加

track 跨頁共同導讀 152

變化 참가해요, 참가했어요, 참가할 거예요, 참가합니다

例 관심이 있으신 분은 많이 참가하세요.

gwan si mi i sseu sin bu neun ma ni cham ga ha se yo

有興趣的人請多多參加。

참고 cham go	名	參考
참기름 cham gi reum	名	香油／芝麻油
참다 cham da	動	忍受／忍耐

變化 참아요, 참았어요, 참을 거예요, 참습니다

例 좀더 참으세요.

jom deo cha meu se yo

再忍耐一下吧！

참배 cham bae	名	參拜
참새 cham sae	名	麻雀
참석하다 cham seo ka da	動	出席

變化 참석해요, 참석했어요, 참석할 거예요, 참석합니다

例 오늘 아침 회의에 누가 참석하지 않았죠?

o neul a chim hoe ui e nu ga cham seo ka ji a nat jjyo

今天早上的會議誰沒有出席？

153 **track**

참여하다
cha myeo ha da　　動　參與

變化 참여해요, 참여했어요, 참여할 거예요, 참여합니다

例 이번 이벤트에 많이 참여해 주세요.
i beon i ben teu e ma ni cha myeo hae ju se yo
請多多參與這次的活動。

참을성
cha meul sseong　　名　耐性／耐心

참치
cham chi　　名　鮪魚

찻집
chat jjip　　名　茶館

창간
chang gan　　名　創刊

창고
chang go　　名　倉庫

창의력
chang ui ryeok　　名　創造力／創意力

창조
chang jo　　名　創造

창피하다
chang pi ha da　　形　丟臉

變化 창피한, 창피해요, 창피했어요, 창피합니다

track 跨頁共同導讀 153

例 길에서 넘어졌어요. 너무 창피해요.

gi re seo neo meo jeo sseo yo neo mu chang pi hae yo

我在路上跌倒了，很丟臉。

채우다

chae u da　　　　　　**動** 裝滿／填滿

變化 채워요, 채웠어요, 채울 거예요, 채웁니다

例 배터리를 가득 채웠어요.

bae teo ri reul kka deuk chae wo sseo yo

把電池充滿了。

책임자

chae gim ja　　　　　　**名** 負責人

챙기다

chaeng gi da　　　　　　**動** 整理／收拾

變化 챙겨요, 챙겼어요, 챙길 거예요, 챙깁니다

例 이제 짐을 챙겨 가야겠습니다.

i je ji meul chaeng gyeo ga ya get sseum ni da

現在該收拾行李走了。

처리하다

cheo ri ha da　　　　　　**動** 處理

變化 처리해요, 처리했어요, 처리할 거예요, 처리합니다

例 능숙한 방법으로 처리하다.

neung su kan bang beo beu ro cheo ri ha da

用熟練的方法處理。

154 **track**

처벌 cheo beol	名	處罰	
천사 cheon sa	名	天使	
철 cheol	名	事理／明理	
철새 cheol sae	名	候鳥	
철저하다 cheol jeo ha da	形	徹底	

變化 철저한, 철저해요, 철저했어요, 철저합니다

例 여기의 안전관리는 매우 철저합니다.
yeo gi ui an jeon gwal li neun mae u cheol
jeo ham ni da
這裡的安全管理做得很徹底。

철학 cheol hak	名	哲學	
첫눈 cheon nun	名	第一眼	
첫사랑 cheot ssa rang	名	初戀	
첫인상 cheo sin sang	名	第一印象	

청혼
cheong hon　　名　求婚

체력
che ryeok　　名　體力

체온
che on　　名　體溫

체육
che yuk　　名　體育

체중
che jung　　名　體重

체험하다
che heom ha da　　動　體驗

變化 체험해요, 체험했어요, 체험할 거예요, 체험합니다

例 한국 문화를 체험한 적이 있어요?
han guk mun hwa reul che heom han jeo gi i sseo yo
你有體驗過韓國文化嗎？

쳐다보다
cheo da bo da　　動　仰望／凝視

變化 쳐다봐요, 쳐다봤어요, 쳐다볼 거예요, 쳐다봅니다

例 왜 나를 계속 쳐다봐요?
wae na reul kkye sok cheo da bwa yo
為什麼一直盯著我看？

155 **track**

초과되다
cho gwa doe da　　動　超過

變化 초과돼요, 초과됐어요, 초과될 거예요, 초과됩니다

例 짐의 무게가 초과되었어요.
ji mui mu ge ga cho gwa doe eo sseo yo
行李的重量超過了。

초점
cho jeom　　名　焦點

총
chong　　名　槍

최신
choe sin　　名　最新

최저
choe jeo　　名　最低

추가
chu ga　　名　追加／附加

추리
chu ri　　名　推理

추천하다
chu cheon ha da　　動　推薦

變化 추천해요, 추천했어요, 추천할 거예요, 추천합니다

例 재미있는 영화를 추천해 주세요.
jae mi in neun yeong hwa reul chu cheon hae ju se yo
請推薦給我好看的電影。

track 跨頁共同導讀 155

추측하다
chu cheu ka da　　　動　推測

變化 추측해요, 추측했어요, 추측할 거예요, 추측합니다

例 문맥을 통해 단어의 의미를 추측할 수 있다.
mun mae geul tong hae da neo ui ui mi reul chu cheu kal ssu it tta
藉由文脈可以推測出單字的意義。

축복
chuk ppok　　　名　祝福

축소되다
chuk sso doe da　　　動　縮小／縮減

變化 축소돼요, 축소됐어요, 축소될 거예요, 축소됩니다

例 내일부터 단가 대폭 축소됩니다.
nae il bu teo dan ga dae pok chuk sso doem ni da
從明天起單價大幅縮減。

출산율
chul sa nyul　　　名　出生率

출산하다
chul san ha da　　　動　生孩子／生產

變化 출산해요, 출산했어요, 출산할 거예요, 출산합니다

例 저는 내년 1월에 출산합니다.
jeo neun nae nyeon i rwo re chul san ham ni da
我明年一月生產。

156 track

출연하다
chu ryeon ha da　　動　表演／演出

變化　출연해요, 출연했어요, 출연할 거예요, 출연합니다

例 이 뮤지컬에 출연하는 사람이 누구인가요?
i myu ji keo re chu ryeon ha neun sa ra mi nu gu in ga yo
出演這部音樂劇的人是誰？

출퇴근
chul toe geun　　名　上下班

충격
chung gyeok　　名　沖擊

충고
chung go　　名　忠告

충분하다
chung bun ha da　　形　充分／足夠

變化　충분한, 충분해요, 충분했어요, 충분합니다

例 이 정도면 충분해요?
i jeong do myeon chung bun hae yo
這樣足夠嗎？

취재
chwi jae　　名　採訪／取材

치우다
chi u da　　動　收拾／清理

track 跨頁共同導讀 156

變化 치워요, 치웠어요, 치울 거예요, 치웁니다

例 방 좀 치우세요.
bang jom chi u se yo
請你整理房間。

치즈 chi jeu	名 起司／乳酪

친근하다 chin geun ha da	形 親近的

變化 친근한, 친근해요, 친근했어요, 친근합니다

例 이곳의 사람들과 문화는 매우 친절하고 친근하다.
i go sui sa ram deul kkwa mun hwa neun mae u chin jeol ha
go chin geun ha da
這個地方的人們與文化非常地親切且親近。

침착하다 chim cha ka da	形 沉著／鎮定

變化 침착한, 침착해요, 침착했어요, 침착합니다

例 다들 좀 침착하세요.
da deul jjom chim cha ka se yo
大家請保持冷靜。

157 **track**

初級單字 ㅋ

카메라 ka me ra	名 照相機
캠프 kaem peu	名 露營／野炊
코끼리 ko kki ri	名 大象
코트 ko teu	名 球場
큼직하다 keum ji ka da	形 大／相當大／巨大

變化 큼직한, 큼직해요, 큼직했어요, 큼직합니다

例 욕실이 큼직합니다.
yok ssi ri keum ji kam ni da
浴室很大。

키위 ki wi	名 奇異果

初級單字

ㅌ

타워 ta wo	名 塔

타이르다 ta i reu da	動 勸說／規勸

變化 타일러요, 타일렀어요, 타이를 거예요,타이릅니다

例 그 사람을 잘 타이르세요.
geu sa ra meul jjal ta i reu se yo
請好好規勸那個人。

타인 ta in	名 他人／別人

타조 ta jo	名 鴕鳥

탈 tal	名 面具

탑 tap	名 塔／佛塔

탓하다 ta ta da	動 責怪／怪罪

變化 탓해요, 탓했어요, 탓할 거예요, 탓합니다

158 track

例 남을 탓하기 전에 자신을 먼저 잘 돌아봐라.

na meul ta ta gi jeo ne ja si neul meon jeo jal tto ra bwa ra

在責怪別人之前，先回頭看看自己吧。

태도 tae do	名	態度
태양 tae yang	名	太陽
태평양 tae pyeong yang	名	太平洋
택배 taek ppae	名	快遞／宅配
털 teol	名	毛
털다 teol da	動	撣／抖／拂

變化 털어요, 털었어요, 털 거예요, 텁니다

例 먼지 좀 털어주세요.

meon ji jom teo reo ju se yo

幫我拍掉灰塵。

테스트 te seu teu	名	測試／測驗
토끼 to kki	名	兔子

track 跨頁共同導讀 158

| 통
tong | 副 | 根本／完全 |

| 통계
tong gye | 名 | 統計 |

| 통신
tong sin | 名 | 通信 |

| 통역
tong yeok | 名 | 口譯 |

| 통일
tong il | 名 | 統一 |

| 통화중
tong hwa jung | 名 | 通話中 |

| 퇴원하다
toe won ha da | 動 | 出院 |

變化 퇴원해요, 퇴원했어요, 퇴원할 거예요, 퇴원합니다

例 수술 후 일주일 정도면 퇴원할 수 있어요.
su sul hu il ju il jeong do myeon toe won hal ssu i sseo yo
手術後大概一星期就可以出院了。

| 투표
tu pyo | 名 | 投票 |

| 트럭
teu reok | 名 | 卡車 |

159 track

특급 teuk kkeup	名 特級
특기 teuk kki	名 特長／專長
특성 teuk sseong	名 特性
틀리다 teul li da	動 錯誤

變化 틀려요, 틀렸어요, 틀릴 거예요, 틀립니다

例 이번에도 틀렸어요.
i beo ne do teul lyeo sseo yo
這次又錯了。

틀림없다 teul li meop tta	形 沒錯／正確的

變化 틀림없는, 틀림없어요, 틀림없었어요, 틀림없습니다

例 그건 틀림없는 거예요.
geu geon teul li meom neun geo ye yo
那是正確的。

track 跨頁共同導讀 159

初級單字 ㅍ

파도 pa do	名	波濤／波浪
파리 pa ri	名	巴黎
판단 pan dan	名	判斷
판매 pan mae	名	銷售
패션 pae syeon	名	時裝
퍼센트 peo sen teu	名	百分比
폐 pye	名	麻煩／打擾
편리하다 pyeol li ha da	形	方便／便利

變化 편리한, 편리해요, 편리했어요, 편리합니다

例 이건 사용하기 편리합니다.
i geon sa yong ha gi pyeol li ham ni da
這個使用起來很方便。

160 track

편안하다 pyeo nan ha da	形 舒服／舒暢／舒坦

變化 편안한, 편안해요, 편안했어요, 편안합니다

例 바다를 보면 마음이 편안합니다.
ba da reul ppo myeon ma eu mi pyeo nan ham ni da
看到大海心裡很舒服。

편안히 pyeo nan hi	副 舒服地／平安地

편의점 pyeo nui jeom	名 便利商店

펼치다 pyeol chi da	動 展開／實現

變化 펼쳐요, 펼쳤어요, 펼칠 거예요, 펼칩니다

例 제 꿈을 귀사에서 펼치고 싶습니다.
je kku meul kkwi sa e seo pyeol chi go sip
sseum ni da
我想在貴公司實現我的夢想。

평가 pyeong ga	名 評價

평등 pyeong deung	名 平等

평론 pyeong non	名 評論

평범하다
pyeong beom ha da　形　平凡的

變化 평범한, 평범해요, 평범했어요, 평범합니다

例 저는 평범한 회사원입니다.
jeo neun pyeong beom han hoe sa wo nim ni da
我是平凡的上班族。

평생
pyeong saeng　名　一生／終生

평소
pyeong so　名　平時

평정
pyeong jeong　名　平靜／安靜

평평하다
pyeong pyeong ha da　形　平坦／平平

變化 평평한, 평평해요, 평평했어요, 평평합니다

例 이 지역은 아주 평평합니다.
i ji yeo geun a ju pyeong pyeong ham ni da
這個地區很平坦。

평화롭다
pyeong hwa rop tta　形　和平／和睦

變化 평화로운, 평화로워요, 평화로웠어요, 평화롭습니다

例 아름답고 평화로운 세상을 만들어 갑시다.

a reum dap kko pyeong hwa ro un se sang eul man deu reo gap ssi da

一起創造出美麗又和平的世界吧。

폐 pye	名 肺

폐수 pye su	名 廢水／污水

포근하다 po geun ha da	形 暖和／柔暖

變化 포근한, 포근해요, 포근했어요, 포근합니다

例 이런 포근한 날씨가 좋아요.

i reon po geun han nal ssi kka jo a yo

我喜歡這種暖和的天氣。

포기하다 po gi ha da	動 拋棄／放棄

變化 포기해요, 포기했어요, 포기할 거예요, 포기합니다

例 절대 포기하지 마세요.

jeol dae po gi ha ji ma se yo

絕對不要放棄。

포도주 po do ju	名 葡萄酒

포장지 po jang ji	名 包裝紙

track 跨頁共同導讀 161

포착하다
po cha ka da　動　捕捉／抓住

變化 포착해요, 포착했어요, 포착할 거예요, 포착합니다

例 카메라로 예쁜 순간을 포착하세요.
ka me ra ro ye ppeun sun ga neul po cha ka
se yo
用相機捕捉美麗的瞬間吧。

포크
po keu　名　叉子

포함
po ham　名　包含

폭
pok　名　寬度／幅度

폭력
pong nyeok　名　暴力

폭발하다
pok ppal ha tta　動　爆炸／爆發

變化 폭발해요, 폭발했어요, 폭발할 거예요, 폭발합니다

例 화산이 폭발하면 어떻게 될까요?
hwa sa ni pok ppal ha myeon eo tteo ke doel
kka yo
如果火山爆發會怎麼樣呢？

폭우
po gu　名　暴雨

162 **track**

표기 pyo gi	名 標記
표면 pyo myeon	名 表面
표시 pyo si	名 表示／表現
표준 pyo jun	名 標準
표현 pyo hyeon	名 表現
푸다 pu da	動 舀／盛

變化 푸어요, 푸었어요, 풀 거예요, 풉니다

例 밥을 조금만 푸세요.
ba beul jjo geum man pu se yo
飯盛少一點。

풀리다 pul li da	動 被解開／轉暖和

變化 풀려요, 풀렸어요, 풀릴 거예요, 풀립니다

例 날씨가 많이 풀렸다.
nal ssi kka ma ni pul lyeot tta
天氣暖和很多了。

track 跨頁共同導讀 162

품종 pum jong	名 品種
품질 pum jil	名 品質／質量
풍모 pung mo	名 風貌／風采
풍습 pung seup	名 風俗
풍요 pung yo	名 富饒
피로 pi ro	名 疲勞
피부 pi bu	名 皮膚
피우다 pi u da	動 燒／生／點

變化 피워요, 피웠어요, 피울 거예요, 피웁니다

例 제사 때 향을 피우는 의미는 무엇인가요?
je sa ttae hyang eul pi u neun ui mi neun mu eo sin ga yo
祭祀時，燒香的意義為何？

피하다 pi ha da	動 躲避

163 **track**

變化 피해요, 피했어요, 피할 거예요, 피합니다

例 왜 자꾸 날 피해요?
wae ja kku nal pi hae yo
為什麼你一直躲我？

피해 pi hae	名 損失／被害
필수 pil su	名 必需
핏줄 pit jjul	名 血脈／血管／血緣

track 跨頁共同導讀 163

初級單字 ㅎ

하마 ha ma	名	河馬
하와이 ha wa i	名	夏威夷
학비 hak ppi	名	學費
학술 hak ssul	名	學術
학업 ha geop	名	學業
학위 ha gwi	名	學位
학자 hak jja	名	學者
한가롭다 han ga rop tta	形	悠閒／清閒

變化 한가로운, 한가로워요, 한가로웠어요, 한가롭습니다

例 한가롭고 편안한 휴가를 만끽하세요.
han ga rop kko pyeo nan han hyu ga reul man kki ka se yo
盡情享受清閒自在的休假吧。

164 **track**

한가운데 han ga un de	名	正中間

한가위 han ga wi	名	中秋節

한가지 han ga ji	名	一樣／一種

한가하다 han ga ha da	形	空閒／閒暇

變化 한가한, 한가해요, 한가했어요, 한가합니다

例 한가할 때는 뭘 하세요?
han ga hal ttae neun mwol ha se yo
空閒時你會做什麼？

한걸음 han geo reum	名	一步

한겨울 han gyeo ul	名	寒冬

한결 han gyeol	副	更加

한결같이 han gyeol ga chi	副	始終如一地／一致地

한계 han gye	名	界線／限度

한라산 hal la san	名	漢拏山
한복 han bok	名	韓服
한식집 han sik jjip	名	韓餐館
한편 han pyeon	名	一邊／同夥
할인 ha rin	名	折扣／打折
함부로 ham bu ro	副	隨便／胡亂
합격하다 hap kkyeo ka da	動	合格

變化 합격해요, 합격했어요, 합격할 거예요, 합격합니다

例 이번 시험에 합격했다.
i beon si heo me hap kkyeo kaet tta
這次的考試合格了。

항공 hang gong	名	航空
항상 hang sang	副	經常／常常

165 track

해롭다
hae rop tta
形 有害

變化 해로운, 해로워요, 해로웠어요, 해롭습니다

例 술은 건강에 해롭다.
su reun geon gang e hae rop tta
酒有害健康。

해석하다
hae seo ka da
動 解釋

變化 해석해요, 해석했어요, 해석할 거예요, 해석합니다

例 이것은 말로는 해석할 수 없다.
i geo seun mal lo neun hae seo kal ssu eop tta
這個無法用言語來解釋。

해양
hae yang
名 海洋

햄버거
haem beo geo
名 漢堡

햇볕
haet ppyeot
名 陽光

행동
haeng dong
名 行動

행복
haeng bok
名 幸福

track 跨頁共同導讀 165

행사 haeng sa	名	活動／典禮
향기 hyang gi	名	香氣
헤어지다 he eo ji da	動	分手／分開

變化 헤어져요, 헤어졌어요, 헤어질 거에요, 헤어집니다

例 어제 남자친구와 헤어졌어요.
eo je nam ja chin gu wa he eo jeo sseo yo
昨天和男朋友分手了。

현관 hyeon gwan	名	門廊／門廳／玄關
현금 hyeon geum	名	現金
현대 hyeon dae	名	現代
협조 hyeop jjo	名	協助
형편 hyeong pyeon	名	情況／家境
혜택 hye taek	名	恩惠／實惠／優惠

166 track

호기심 ho gi sim	名	好奇心
호주머니 ho ju meo ni	名	口袋
호칭 ho ching	名	稱呼
혹시 hok ssi	副	萬一／如果／或許
혼나다 hon na da	動	挨罵／責罵

變化 혼나요, 혼났어요, 혼날 거예요, 혼납니다

例 숙제를 하지 않아서 선생님께 혼났다.
suk jje reul ha ji a na seo seon saeng nim kke hon nat tta
因為沒寫作業被老師罵了。

혼인 ho nin	名	婚姻
혼자 hon ja	副	單獨／獨自
홍수 hong su	名	洪水／水災
홍콩 hong kong	名	香港

track 跨頁共同導讀 166

화려하다
hwa ryeo ha da　　形　華麗的

變化 화려한, 화려해요, 화려했어요, 화려합니다

例 전 화려한 옷은 사지 않아요.
jeon hwa ryeo han o seun sa ji a na yo
我不買華麗的衣服。

화목하다
hwa mo ka da　　形　和睦的

變化 화목한, 화목해요, 화목했어요, 화목합니다

例 화목한 가정을 만들고 싶다.
hwa mo kan ga jeong eul man deul kko sip tta
我想創造和睦的家庭。

화제
hwa je　　名　話題

화창하다
hwa chang ha da　　形　晴和／和暢／和煦

變化 화창한, 화창해요, 화창했어요, 화창합니다

例 오늘 날씨가 너무 화창하네요.
o neul nal ssi kka neo mu hwa chang ha ne yo
今天的天氣很和煦。

화학
hwa hak　　名　化學

167 track

확실하다 hwak ssil ha da	形	確切／確實

變化 확실한, 확실해요, 확실했어요, 확실합니다

例 확실해요?
hwak ssil hae yo
你確定嗎？

환경 hwan gyeong	名	環境

환율 hwa nyul	名	匯率

활기 hwal gi	名	活力

회관 hoe gwan	名	會館／俱樂部

회원 hoe won	名	會員

효과 hyo gwa	名	效果

후보 hu bo	名	候補／候選人

후식 hu sik	名	餐後甜點

track 跨頁共同導讀 167

훈련 hul lyeon	名	訓練

훌륭하다 hul lyung ha da	形	優秀的／棒

變化 훌륭한, 훌륭해요, 훌륭했어요, 훌륭합니다

例 이 제안은 무척 훌륭합니다.
i je a neun mu cheok hul lyung ham ni da
這個提案非常棒！

훨씬 hwol ssin	副	更加／更

휴게소 hyu ge so	名	休息站

휴게실 hyu ge sil	名	休息室

휴관 hyu gwan	名	閉館／休館

휴대전화 hyu dae jeon hwa	名	手機

흉내 hyung nae	名	模仿

흉하다 hyung ha da	形	兇／不吉利

168 **track**

變化 흉한, 흉해요, 흉했어요, 흉합니다

例 어제 흉한 꿈을 꾸었어요.
eo je hyung han kku meul kku eo sseo yo
昨天做了惡夢。

흐르다		
heu reu da	動	流逝

變化 흘러요, 흘렀어요, 흐를 거예요, 흐릅니다

例 시간이 흐르면 모든 것이 좋아질 것입니다.
si ga ni heu reu myeon mo deun geo si jo a jil geo sim ni da
隨著時間的流逝，一切都會好起來的。

흐릿하다		
heu ri ta da	形	模糊

變化 흐릿한, 흐릿해요, 흐릿했어요, 흐릿합니다

例 이 사진은 흐릿합니다.
i sa ji neun heu ri tam ni da
這張照片很模糊。

例 유학 시절의 기억이 흐릿해지다.
yu hak si jeo rui gi eo gi heu ri tae ji da
留學時期的記憶變得模糊。

흡연		
heu byeon	名	吸菸

흥분하다		
heung bun ha da	動	興奮／激動

track 跨頁共同導讀 168

變化 흥분해요, 흥분했어요, 흥분할 거예요, 흥분합니다

例 너무 흥분하지 마세요.
neo mu heung bun ha ji ma se yo
不要太興奮。

例 흥분하지 말고 진정해요.
heung bun ha ji mal kko jin jeong hae yo
別激動，冷靜一點。

희망
hi mang
名 希望

新韓檢 TOPIK 初級 必備 單字 + 文法 全攻略

New 토픽 초급 어휘·문법 완전공략

雅典韓研所 企編

單字沒背熟，
文法沒弄懂，
你敢上考場應試嗎？

Part 1
TOPIK必備初級單詞

Part 2
TOPIK 必備初級文法

QR Code ㉪ 雅典文化
(附QR Code隨掃隨聽音檔)

갈아타다 ga.ra.ta.da
⇨ 動 換乘、換車

갈아타는 곳이 어디예요？
ga.ra.ta.neun/go.si/o*.di.ye.yo

換車的地方在哪裡呢？

說明「쯤」連接在名詞之後，
表示「大約...左右」之意。

例 다음 주쯤 여기를 떠날 겁니다.
da.eum.ju.jjeum/yo*.gi.reul/do*.na/go*m.ni.da

大概下禮拜會離開這裡。

新韓檢 TOPIK 中級 必備 單字 + 文法 全攻略

New 토픽 중급 어휘·문법 완전공략

雅典韓研所 企編

單字沒背熟，
文法沒弄懂，
你敢上考場應試嗎？

Part 1
TOPIK必備中級單詞

Part 2
TOPIK 必備中級文法

QR Code ㉪ 雅典文化
(附QR Code隨掃隨聽音檔)

갖가지 gat.ga.ji
⇨ 名詞 各種、各式各樣

갖가지 음식이 있다.
gat.ga.ji.eum.si.gi/it.da

有各種食物。

說明 表示對新發現的事實
發出感嘆，或提出評價。

例 그녀가 왔구나.
geu.nyo*.ga/wat.gu.na

她來了呀！

(는)구나

New 토픽 초급 어휘·문법 완전공략

New 토픽 중급 어휘·문법 완전공략

Part 1
TOPIK必備初級單詞

Part 2
TOPIK 必備初級文法

新韓檢
TOPIK 必備
初級 單字 + 文法
全攻略

Part 1
TOPIK必備中級單詞

Part 2
TOPIK 必備中級文法

新韓檢
TOPIK 必備
中級 單字 + 文法
全攻略

永續圖書
線上購物網

www.foreverbooks.com.tw

◆ 加入會員即享活動及會員折扣。

◆ 每月均有優惠活動，期期不同。

◆ 新加入會員三天內訂購書籍不限本數金額，
  即贈送精選書籍一本。（依網站標示為主）

專業圖書發行、書局經銷、圖書出版

永續圖書總代理：
五觀藝術出版社、培育文化、棋茵出版社、大拓文化、讚
品文化、雅典文化、大億文化、璞申文化、智學堂文化、
語言鳥文化

活動期內，永續圖書將保留變更或終止該活動之權利及最終決定權。